KB096091

지금은 라디오 시대

바람청소년문고 3

지금은 라디오 시대 오픈키드 좋은어린이책 목록 추천

초판 1쇄 2015년 1월 1일 | 9쇄 2020년 3월 10일
글쓴이 이보림 | 그린이 조혜란
펴낸이 최진 | 편집 김난지 | 디자인 손미선
펴낸곳 천개의바람
등록 제406-2011-000013호
주소 경기도 파주시 문발로 115 세종출판벤처타운 405호
전화 031-955-5243 | 팩스 031-622-9413

ISBN 978-89-97884-41-1(43810)
값11,000원

품명 아동 도서　　　　**제조년월** 2020년 3월 10일
사용연령 11세 이상　　**제조자명** 천개의바람
제조국 대한민국　　　　**연락처** (031) 955-5243
주소 경기도 파주시 문발로 115, 405호

주의사항 종이에 베이거나 긁히지 않도록 조심하세요.
　　　　　책 모서리가 날카로우니 던지거나 떨어뜨리지 마세요.

KC마크는 이 제품이 공통안전기준에 적합하였음을 의미합니다.

지금은 라디오 시대

이보림 글

천개의바람

차례

소리를 그리는 아이

책방 앞 낡은 평상을 둘러싸고 아이들이 모여들었다. 누런 콧물을 달고서 괜히 서로 쿡쿡 찌르며 키득거리는 조무래기들이었다. 호아는 평상 한가운데에 앉아 있었다. 얼기설기 땋은 머리를 늘어뜨린 채 아까부터 하늘만 물끄러미 쳐다보았다.

"호아 누나, 무슨 얘기 해 줄 거야?"

호아를 힐끔거리던 아이가 물었다.

호아는 "쉿!" 하고는 하늘에서 눈을 떼지 않고 말했다.

"저어기, 들어 봐."

아이들이 호아를 따라서 위를 올려다보았다. 눈이 시린 초겨울 하늘, 실구름 한 점이 길게 꽁무니를 빼고 있었다.

"펄럭펄럭 날갯짓하는 소리 안 들려? 저기 선녀가 흰 두루미를 타고 내려오잖아."

아이들은 호아가 가리키는 선녀를 보려고 목을 뺐다. 실눈을 짓기도 하고 주먹으로 눈을 비비기도 했다. 키가 커지면 보일까 평상에 올라서서 까치발을 딛는 아이도 있었다.

"어, 들린다!"

한 아이가 소리쳤다. 호아가 아이를 보고 눈을 빛냈다.

"그렇지? 선녀 허리에 찬 옥구슬이 쟁쟁 울리고 말이야."

"들려, 나도 들려."

아이들이 너도나도 목소리를 높였다. 두루미가 쉭쉭 난다
는 둥 선녀가 깔깔 웃는다는 둥 저마다 들리는 대로 소리를
흉내 내느라 바빴다.

"원, 녀석들. 경성 바닥이 아주 떠나가는구나."

책방 안에서 주인 할아버지가 나왔다. 눈가에 자글자글한
웃음을 띠고 손에는 딱지본 여남은 권을 가득 들고 있었다.
할아버지는 평상 한쪽에 책을 내려놓았다. 표지가 울긋불긋
해서 꼭 딱지처럼 보이는 작은 책들이다.

"근데 선녀는 어디 가는 거야?"

코흘리개 하나가 호아에게 물었다.

"음, 또 내쫓긴 모양이야. 하늘 문이 닫히는 줄도 모르고 여
기저기 노닐다가 옥황상제한테 혼쭐난 거지. 느이들 그거 알
아? 저렇게 쫓겨난 선녀가 곽씨 부인한테도 나타났거든."

호아는 아이들의 반짝이는 눈을 보며 이어서 말했다.

"어느 날 선녀가 비단옷을 펄럭이면서 부인 앞에 척 내려서
서는, '내가 하늘에서 쫓겨난 몸이라 인간으로 다시 태어날 거

라오. 그러거들랑 나를 어여삐 여기소서.' 했다지. 곽씨 부인이 곧 아이를 가졌는데 낳고 보니 정말 옥 같은 딸이었어. 눈먼 남편이 아기를 안고 어르면서, 둥둥 내 딸아 허허둥둥……."

호아가 이야기를 시작하면 한바탕 마술이 펼쳐진다. 이야기 속 인물들이 호아의 입을 통해 살아나 사람들 눈앞에서 생생하게 움직이는 것이다.

평상 둘레에 점점 더 많은 사람이 모여들었다. 어른 아이 할 것 없이 홀린 듯 귀를 기울였다. 호아의 목소리에 더욱 힘이 실렸다.

"아이고 마누라 죽지 마오. 평생 같이 살자더니 날 버리고 어찌 가시오? 우리 딸 청이는 어쩌고 저승으로 떠난단 말이오?"

곽씨 부인이 얼마 안 되어 죽자, 남편인 심 봉사가 목 놓아 우는 대목이었다. 여기저기서 훌쩍이는 소리가 났다. 책방 할아버지도 한 귀퉁이에서 슬쩍 눈물을 찍어 냈다.

한참 이야기를 이어가는데 호아를 둘러싼 사람들 틈에서 뭔가가 번쩍거렸다.

칼이다.

검은 제복에 달린 긴 칼에서 차가운 빛이 번뜩였다. 어느 틈엔가 순사가 무리에 슬며시 끼어든 것이다. 호아의 눈이 순사의 따가운 눈초리와 마주쳤다. 호아는 마른침을 삼켰다.

'뭘 감시하는 거야, 대체?'

일본 순사들은 조선 사람이 한데 무리 지어 있으면 의심의 눈길부터 보냈다. 몇 해 전 만세 운동이 일어난 뒤로 더 그러는 것 같다.

호아는 두 눈을 질끈 감았다. 심 봉사처럼 앞이 안 보이자, 칼도, 순사도 모두 사라졌다. 호아는 숨을 크게 들이쉬었다. 심청이 인당수에 몸을 던지듯, 호아도 넘실대는 이야기 바다에 풍덩 뛰어들었다. 힘찬 물고기처럼 호아의 목소리가 이야기 속을 마음껏 헤엄쳐 다녔다. 사람들은 호아가 이끄는 대로 바닷속 깊은 곳까지 꿈꾸듯 따라 들어갔다.

땡땡땡!

요란한 종소리가 사람들을 깨웠다. 바닷속 용궁을 구경하던 사람들이 어느새 책방 앞으로 되돌아왔다. 소리가 나는 곳에는 전차가 서 있었다. 순사가 얼른 그쪽으로 향했다. 전차에서 차장이 몸을 쑥 내밀고 소리쳤다.

"여기 달구지 좀 빨리 치우쇼!"

"이키! 내 정신 좀 보게."

수레꾼이 호아의 이야기에 정신이 팔려 자기 달구지가 전찻길을 가로막은 줄도 모르고 있었다. 허둥지둥 달려가서 소를 끌어내는데, 수레에 얹은 땔나무가 우르르 쏟아지고 말았다. 황급히 주워 담는 수레꾼에게 순사가 손가락질을 했다. 수레꾼은 연방 굽실거리면서 그것들을 겨우 선로에서 치웠다.

순사는 책방 앞의 사람들에게 눈길을 돌렸다. 그는 "조센징." 하고 비웃음을 흘리더니 빠른 걸음으로 사라졌다. 호아는 그 순사가 바다도, 용궁도, 아무것도 못 봤을 거라고 생각했다.

전차는 다시 막힘없이 달리게 되었으나 호아의 이야기는 흐름이 딱 끊기고 말았다.

"거참, 맛깔나게 듣고 있었는데. 책방 영감, 거 〈심청전〉 하나 주시오."

"나도 한 권 주오. 옛이야기가 아주 제맛이네그려."

여기저기서 책을 사겠단 사람들 때문에 책방 할아버지의 손이 바빠졌다.

"얘야, 너 이야기하는 재주를 타고났구나. 그래, 몇 살이냐?"

"열세 살이에요."

"목소리 하나로 사람 혼을 쏘옥 빼놓는 게 보통 일은 아니지."

"암, 팔도 방방곡곡에 뽐낼 만한 솜씨야."

사람들은 호아에게 감탄 섞인 말을 던지고는 손에 딱지본을 하나씩 든 채 떠났다. 꼬맹이들이 다가와서 호아의 소맷자락을 붙잡았다.

"언니, 우리 또 얘기 들려줄 거지?"

"아무렴 그래야지. 호아야, 날마다 여기 와서 할아버지 떼돈 좀 벌어 주련?"

책방 할아버지가 끼어들며 눈을 찡긋했다.

"글쎄요, 여기서만 듣기엔 아까운 재주라는데요?"

호아는 어깨를 으쓱하며 대꾸했다.

"걱정 마 얘들아. 다음번에 또 들려줄게. 근데 말이야, 아까 두루미가 저기다 깃털 하나 빼 놓고 갔다."

아이들은 고개를 젖히고 또다시 말간 하늘 속을 뒤지기 시작했다. 아이들을 뒤로 한 채 호아가 인사를 하고 나서려는데 책방 할아버지가 불러 세웠다.

"오늘 네 덕분에 책이 쏠쏠히 팔렸구나. 이거 용돈으로 넣어 둬라."

"아니에요. 제가 그냥 재밌어서 하는 거예요."

호아는 손사래를 쳤다. 할아버지는 호아의 손에다 기어이 동전 몇 닢을 쥐여 주었다.

"자주 오라고 주는 뇌물이다, 인석아."

책방이 자리한 둑길 아래 청계천이 흐른다. 호아는 청계천을 건너며 다리 아래를 굽어보았다. 아직 얼어붙지 않은 개울이 가냘프게 이어지고, 아주머니들이 옹기종기 모여 빨래를 하고 있었다. 한쪽에는 커다란 가마솥을 걸고 장작불을 때서 빨래를 푹푹 삶기도 했다.

아까 호아의 이야기를 듣던 아이가 "엄마!" 하면서 빨래터로 내려갔다. 한 아주머니가 빨랫방망이를 멈추고 아이에게 웃어 보였다. 아이가 엄마 등에 찰싹 매달리자 엄마는 찬물에 빨개진 손으로 아이의 엉덩이를 토닥토닥했다.

호아는 한동안 멈춰 서서 그 모습을 바라보았다. 졸졸 물소리가 귓속에 흘러들었다.

2

전화가 있는 집

"빨간 댕기!"

호아의 뒤에서 누군가 소리쳤다. 호아는 그 목소리가 누군지 단박에 알아차렸다.

"발바닥 불나겠다. 왜 그렇게 뛰어가냐?"

호아를 불러 세운 건 경수였다. 어디서부터 쫓아왔는지 경수는 가쁜 숨을 몰아쉬었다.

"누나한테 무슨 말버릇이래?"

호아가 갸름한 눈을 샐쭉 흘기며 말했다.

"누나? 고작 두 달 먼저 난 게?"

경수는 코웃음을 치면서 호아 앞으로 성큼 다가들었다. 경수의 턱 끝이 호아의 동그란 이마에 닿을락 말락 했다.

"봐, 내가 너보다 두 뼘은 더 크겠다."

바짝 다가선 경수 때문에 호아는 얼굴이 확 달아올랐다.

"네가 날 오라버니로 모셔야지."

"치, 그까짓 키가 대수람?"

호아는 발개진 얼굴을 들킬까 봐 핵 돌아섰다. 그리고 다시 성큼성큼 앞서 갔다. 경수도 학생모를 고쳐 쓰며 얼른 호아 옆에 따라붙었다.

"오늘도 사람들한테 '옛날 옛적에' 하고 왔냐?"

"응, 내가 오죽 잘했으면 순사 나리가 구경을 다 왔다니까."

호아는 아까 있었던 일을 경수에게 조잘조잘 떠들었다. 〈심청전〉과 순사의 칼, 달구지와 전차 얘기까지. 마지막으로 동전도 꺼내 보이며 실컷 자랑을 했다.

"제법인데? 부럽다! 난 요즘 학교에서 얼마나 들볶이는지 몰라."

경수는 말끝에 "휴!" 하고 한숨을 덧붙였다.

경수는 보통학교에 다닌다. 졸업반이기 때문에 곧 있을 상급 학교 입학시험을 준비하느라 시달리는 모양이다.

"고보¹⁾ 가기가 어디 쉽겠니? 그래도 열심히 잘해 봐. 아줌마도 많이 기대하시잖아."

호아는 경수에게 힘을 북돋아 주려고 했다. 호아도 경수처럼 보통학교에 다녔다면 지금쯤 입시 준비로 머리를 싸매고 있었을지 모른다. 그랬다면 좋아하는 한글 이야기책보다는

----

1) '고등 보통학교'를 줄여 이르던 말로, 일제 강점기에 보통학교를 졸업한 우리나라 학생을 대상으로 중등 교육을 실시하던 4~5년제의 학교다. 1940년에 중학교로 이름을 고쳤다.

일본어 교과서를 더 많이 봐야 했을 것이다.

언젠가 호아는 경수가 학교에서 배운다던 국어책을 본 적 있었다. 처음부터 끝까지 일본어가 줄줄 쓰여 있었다.

"이걸 다 읽는다고? 그럼 우리말은 안 배워?"

"우리말은 조선어 시간에 배우지. 국어 시간에 비하면 턱없이 적지만."

호아는 그때 우리말, 즉 조선말이 국어가 아니라는 이상한 사실을 깨달았다. 또 국어인 일본말을 학교에서 제일 많이 배운다는 것도 알게 되었다. 경수의 국어책은 호아에게 너무 낯설었다. 그런 국어책을 더듬더듬이나마 읽어 나가는 경수도 새삼 낯설어 보였다.

호아는 이제 국어책을 술술 읽어 내리는 경수의 모습을 그려 보았다.

"그래서 더 문제야. 어머니가 너무 기대를 하셔서."

경수는 입시 부담을 떨쳐 버리려는 듯 머리를 두어 번 세차게 흔들었다.

호아와 경수는 종로를 지나 조금 더 북쪽으로 올라갔다.

청계천을 경계로 그 북쪽은 북촌, 남쪽은 이른바 남촌이라고 부른다. 남촌에는 최신식 건축물이 으리으리하게 서 있고, 고급 수입품을 파는 상점들이 늘어서 있다. 또 가로등이 많아서, 눈부신 전등 불빛으로 밤이 되어도 낮보다 더 환하다고들 한다. 그곳은 일본인들이 모여 사는 곳으로, 경성에서 가장 화려함을 뽐내는 지역이다.

반면 가로등 하나 없는 종로는 본래 서울의 복판이다. 조선에서 가장 활기가 넘치는 도성의 중심 거리였다. 지금은 남촌에 비해 낡고 뒤떨어져 보여 '북촌의 하늘은 어둡고 남촌의 하늘은 밝다.'는 말이 유행하기도 하지만, 종로는 조선 사람들에게 뿌리 깊은 곳이다. 종로를 비롯하여 북촌은 일본인들이 스며들지 못한 지역이다. 호아는 조선인들의 공간인 북촌에 살고 있다.

어느덧 어스름이 깔렸다. 겨울이 오면서 어둠도 점점 더 서두르고 있다. 호아와 경수는 나란히 대문 안으로 들어섰다.

"다녀왔어요, 어머니."

경수가 책보를 끌러 행랑 안에다 휙 던져 넣으며 말했다. 아궁이에 불을 때고 있던 행랑 아줌마가 부엌에서 내다보며 반겼다.

"어여들 와라. 배고프지 않니?"

행랑은 대문간 곁에 붙어 있는 방이다. 경수는 홀어머니와 함께 호아네 집 행랑에 산다. 호아가 행랑 아줌마라고 부르는 경수의 어머니는 야무진 솜씨로 집안일을 도맡아 한다.

호아는 할머니와 함께 안채를 쓴다. 안채는 대청마루를 사이에 두고 안방과 건넌방으로 되어 있다. 아담한 마당과 뒤뜰이 있는 기와집에서 안채와 행랑채를 나눠 쓰며 네 사람이 함께 살고 있다.

"할머니는요?"

치마를 툭툭 털며 나오는 아줌마에게 호아가 물었다.

"안에 계셔. 아까 누구하고 전화하시는 것 같더라."

아줌마는 마당에 쭈그려 앉아 손을 씻는 경수한테 다가갔다. 그리고 아들의 등을 쓱쓱 어루만지며 학교 공부는 어땠는지 자분자분 물어보았다.

호아는 "할머니!" 하면서 마루에 올랐다. 누군가와 전화를 한다면 할머니는 분명 건넌방에 있을 것이다.

방문을 열자 책상 앞에 앉은 할머니가 보였다. 뒤로 빗어 올린 은백색 머리칼이 눈처럼 반짝였다. 할머니는 전화를 하고 있지 않았다. 대신 펜대를 잡고 책상에서 뭔가를 쓰고 있었다.

"오! 우리 호아, 어서 들어오십시오."

할머니가 남다른 말투로 호아를 맞았다. 할머니는 호아한 테 가끔 존댓말을 쓴다. 경수한테도 그러고, 동네 아이들한테 도 종종 그런다.

"소녀 귀가하였사옵니다."

호아도 일부러 더 목소리를 깔고 능청을 부렸다. 큰절까지 막 올리려는데 할머니가 웃으면서 손을 내저었다.

"바깥이 제법 춥더구나. 우리 호아 더 두둑한 솜저고리를 입으시지요."

할머니의 목소리가 솜저고리보다 더 따뜻했다. 싱긋이 웃 는 할머니의 얼굴에서 유난히 코가 도드라졌다. 호아한테는 익숙하고 친근한 코지만, 다른 사람들한테도 꼭 그런 것은 아 니었다.

할머니는 미국에서 온 선교사다. 조선에 온 지는 거의 삼십 년이 다 되어 간다. 할머니 이름은 메리다. 메리 다음에 붙는 성씨가 하도 길고 어려워서 한 번에 제대로 발음하기가 쉽지 않다. 그래서 어른들은 할머니 성을 부르는 대신에 그냥 메리 부인이라고 불렀다.

하지만 아이들은 어떻게든 재미를 찾아내기 마련이다. 할머니의 높고 삐죽한 매부리코를 그냥 지나칠 리 없었다. 한번은 할머니가 길을 가는데 동네 꼬마들이 졸졸 따라붙었다. "코쟁이다! 매부리코!" 하면서 킥킥거리자 할머니는 멈춰 서서 "너는 주먹코, 너는 들창코, 너는 쪼그라든 버선코!" 하고 말해 주었다. 꼬마들은 어안이 벙벙했고 할머니는 장난꾸러기같이 통쾌하게 웃었다. 이때부턴가 할머니는 메리라는 이름보다 매부리 할머니란 별명이 더 잘 어울리게 되었다.

"아까 전화하고 계셨어요?"

호아가 할머니 곁에 다가앉으며 물었다.

"오냐, 오늘 전 서방이 무척 바빴단다."

할머니는 전화를 '전 서방'이라고 불렀다. 이 집에 사는 또 하나의 식구다.

호아가 대여섯 살 무렵 할머니가 집에 전화를 들였다. 경수가 행랑에 들어와 살게 된 게 일곱 살 때였으니까 전 서방은 경수네 식구보다도 먼저 들어와 산 셈이다. 전화를 들여놓은 뒤 호아네 집은 동네에서 유명해졌다. 그전부터 조선말 잘하는 서양 부인이 웬 계집아이를 데리고 산다고 다들 수군수군하고 있었다. 그런데 전화가 놓인 다음부턴 동네 사람들 사이에서 이른바 '전화 있는 집'으로 소문이 났다.

그때만 해도 전화기를 어떻게 쓰는지 모르는 사람들이 많았다. 호아도 처음엔 전화기에 달린 손잡이를 장난감처럼 뱅글뱅글 돌리다가 혼이 났었다. 손잡이를 돌리면 전화교환수한테 연결된다는 걸 미처 몰랐던 것이다.

차츰 동네에선 전화 쓸 일이 생기면 으레 호아네 집을 찾았다. 동네 사람들은 할머니에게 사정을 얘기한 뒤 서둘러 전 서방을 만나러 갔다. 멀리 떨어진 상대방과 말을 주고받게 해 주는 전화를 사람들은 신통방통하게 여겼다. 그리고 얼마든지 전화를 쓸 수 있게 해 주는 할머니한테도 무척 고마워했다.

"널 찾는 전화가 왔었다."

할머니가 푸른 눈동자로 호아를 바라보며 말했다.

호아의 귀가 번쩍 뜨였다. 호아의 시선이 책상 옆에 놓인 전화기로 향했다. 할머니의 다음 말을 듣기도 전에 호아는 그

전화가 누군지 알아차렸다.

아저씨의 선물

호아는 마음 한편으로 늘 아저씨의 전화를 기다리고 있었다. 아저씨를 처음 만난 건 지난해 봄이다. 개나리가 흐드러진 어느 오후의 탑골 공원이었다.

"아야!"

더벅머리 아이가 코를 싸쥐고 주저앉았다. 녀석을 이마로 들이받고도 호아는 분이 풀리지 않았다.

"어어, 피 나잖아!"

"더 터지고 싶으면 또 그래 봐!"

"내가 뭐?"

"내 이름 똑바로 부르라고! 자꾸 그렇게 부를래?"

"체, 고아나 호아나 그게 그거지."

호아가 다시 달려들었다. 주위에 있던 아이들이 겨우 뜯어말렸다.

"고아한테 고아라고 하는데 뭐! 매부리 할머니도 쌈닭은 내다 버리시겠지."

더벅머리 아이는 실컷 이죽거리고는 걸음아 날 살려라 도망쳤다. 호아는 소리를 꽥 지르고 뒤쫓았지만 녀석을 놓치고 말았다.

"지가 뭘 안다고. 우리 할머니 나 안 버려!"

씩씩거리며 땅을 연거푸 걷어차는 호아를 보고 아이들이 슬금슬금 피했다. 볏을 잔뜩 세우고 푸드덕대는 싸움닭이라도 본 것처럼.

둥둥 둥둥.

어디선가 북소리가 들려왔다. 아이들이 소리가 나는 곳으로 뛰어갔다.

"동동 구리무다!"

구리무[2] 장수가 온 모양이었다. 북을 '동동' 치면서 화장품을 팔러 다니는 동동 구리무 장수 말이다. 호아도 다른 때 같았으면 애들이랑 섞여 우르르 쫓아갔을 테지만, 지금은 영 그럴 기분이 아니었다. 애꿎은 모래흙만 발로 후비적대며 아이들이 몰려간 쪽을 흘끔거릴 뿐이었다.

둥 둥둥 둥 둥.

북소리가 점점 가까워졌다. 큰 통을 짊어진 아저씨가 공원으로 들어서는 게 보였다. 아저씨는 다리를 조금 절뚝거렸고,

- -
2) '크림'의 일본식 발음.

걸을 때마다 통에 달린 북이 둥둥 울렸다. 허옇게 분칠한 얼굴에 붉은 연지를 덕지덕지 찍어 바르고, 눈썹은 꼭 숯덩이처럼 칠해 놓았다. 머릿기름은 또 얼마나 발랐는지 파리가 앉다가 미끄러질 지경이었다.

그러나 정작 호아의 눈이 똥그래진 건 아저씨의 별난 모습 때문이 아니었다. 그 뒤에 신이 나서 따라오는 아이들 때문이었다. 걔들 볼이 하나같이 볼똑 솟아 있었다. 입속에서 요리조리 굴리는 모양새가 그새 뭘 얻어먹었나 보다.

"씨, 나만 쏙 빼고."

호아는 털레털레 뛰어가 무리 끝에 붙었다. 아저씨는 앞만 보며 계속 나아갔다. 공원을 지나 마을 어귀에 접어들 즈음, 아저씨가 북소리를 장단 삼아 노래를 부르기 시작했다.

천 리 천 리 삼천리에
그립던 동무가 모여든다.
아리랑 아리랑 아라리요
아리랑 고개를 어서 넘자.
꽃이 안 폈다고 죽은 나무냐.

뿌리는 살았으니 꽃 피겠지.

아리랑 아리랑 아라리요

아리랑 고개를 넘어간다.

약산동대[3] 진달래도

한 폭이 피면은 따라 핀다.

아리랑 아리랑 아라리요…….

호아와 아이들도 어느새 아리랑을 따라 불렀다. 노랫가락
이 긴 꼬리를 이루어 골목골목을 지나갔다. 곰방대를 물고 볕
을 쬐던 노인이 지나가는 아이들의 행렬을 멀거니 바라보았
다. 아랫도리도 안 입은 두어 살배기는 저도 따라가려는 듯
아기작아기작 걷다가 넘어졌다.

노래가 멈춘 건 어느 기와집 앞에서였다. 아저씨가 걸음을
멈춘 그곳은 하필 호아네 집이었다.

"아저씨, 구리무 팔려고요?"

호아가 다가가서 물었다.

----
3) 평안북도 영변군 약산의 높고 평평한 곳으로, 경치가 매우 아름답고 아래 구룡강이
흐른다.

"우리 할머닌 원래 얼굴이 하얘서 필요 없을 텐데. 아줌마는 집안일이 바빠서 화장할 새도 없을걸요."

아저씨는 호아를 물끄러미 보다가 고개를 저으며 말했다.

"뭐 팔러 온 거 아니다."

"그러믄요?"

호아는 아저씨를 말똥말똥 쳐다보았다. 구리무 장수가 구리무를 안 판다니. 갸웃하던 호아가 갑자기 손뼉을 딱 마주쳤다.

"아! 혹시 전화 쓰러 왔어요?"

전 서방이 동네에서 워낙 유명하니까 어디서 소문을 들은 게 분명했다. 더구나 이 집 저 집 다니는 도붓장수는 모르는 게 없을 테니까.

"다들 급하면 우리 집으로 와요."

호아는 아이들을 쓰윽 돌아보았다. 전화가 있는 집이 바로 '우리 집'이라는 게 우쭐했다. 자랑스럽게 대문을 열고 들어가려는데, 아저씨는 우두커니 서서 움직일 줄 몰랐다. 호아는 무심코 아저씨의 발을 내려다보았다. 불편한 다리로 내내 큰 짐을 지고 얼마나 돌아다녔을까?

"들어오세요."

호아가 말했다. 이상한 화장에 가려 아저씨 표정은 도무지 알 수가 없었다.

"어서요."

호아가 손을 내밀었다. 아저씨는 머뭇거렸다.

"저 있네!"

갑자기 골목 저 끝에서 누군가가 외쳤다.

"니 또 우리 애 얼굴 묵사발 맹글었나?"

한 아주머니가 팔을 걷어붙이고 이쪽으로 썩썩 걸어오고 있었다. 그 뒤로 뚱한 표정의 더벅머리 아이가 보였다.

호아는 자기에게 쏠리는 시선을 느꼈다. 이대로 있다간 모두 보는 앞에서 꾸지람을 들을 게 뻔했다. 호아는 아이들 사이를 비집고 달아났다. 가슴 속에서 동당동당 빠르게 북이 울렸다.

저녁 무렵이 되어서야 집에 돌아온 호아를 보고 경수가 말했다.

"또 사고 쳤어? 할머니 너 올 때만 기다리고 계셔."

호아는 할머니가 있는 방으로 주뼛주뼛 들어갔다. 단단히

혼날 거라고 생각했는데, 할머니는 뜻밖에도 다정한 눈으로 호아를 맞았다.

"어딜 돌아다니고 이제야 오셨소?"

"잘못했어요, 할머니. 그 녀석이 자꾸 놀리는 바람에……."

"동무랑 화해해야겠지?"

할머니는 호주머니에서 주먹만 한 종이 뭉치를 꺼냈다.

"동무한테 사과하고 같이 나눠 먹으려무나."

"우아, 눈깔사탕!"

꼬깃꼬깃한 종이 안에 빨갛고 노란 색색의 알사탕이 그득했다.

"아까 손님이 주고 간 게다. 그리고……."

할머니는 책상 서랍을 열더니 헝겊에 싼 무언가를 꺼내 호아에게 건넸다.

"이걸 너한테 전해 달라더구나. 전화 잘 쓰고 간다면서."

헝겊을 펼치자 안에 빨간 댕기가 들어 있었다. 끝 부분에 금박으로 무늬를 입힌 것이었다.

"와, 곱다! 나비 무늬예요."

호아는 당장 할머니에게 댕기를 드려 달라고 했다.

할머니가 머리를 새로 땋아 주는 동안 호아는 낮에 보았던 아저씨의 발이 문득 떠올랐다. 미투리가 다 닳아서 수세미같이 해져 있었다. 그리고 호아가 손을 내밀었을 때 아저씨의 눈이 조금 흔들리던 것도 어렴풋이 생각났다.

며칠이 지나고 아저씨한테서 전화가 왔다.

"할머니요? 지금 안 계시는데. 참! 선물 고맙습니다. 아니요, 이제 안 싸워요. 정말이에요!"

아저씨는 그 뒤에도 이따금 전화를 했다. 할머니는 아저씨와 통화하다가 호아를 불러서는 으레 이렇게 말했다.

"싸움꾼은 잘 있느냐고 물으신다."

그럼 호아는 얼굴을 붉히며 짐짓 억울하다는 듯이 전화를 넘겨받곤 했다.

"아저씨, 요새 구리무는 잘 팔려요?"

"글쎄, 시원찮다."

"얼굴을 도깨비같이 칠하니까 그래요. 손님이 도망간다구요."

"하하, 노래하는 도깨비래도?"

호아는 아저씨가 부르던 아리랑을 떠올렸다. 아저씨의 노래는 어딘지 사람을 끄는 힘이 있었다.

"아저씨 정말 집이 없어요?"

"떠돌이 장사꾼한테 집이 뭐가 필요하겠니?"

"잠자고 쉴 곳은 있어야 하잖아요."

"나 같은 사람은 집보다 길이 더 중요하단다. 어느 길로 어떻게 가느냐를 늘 생각하지."

집이 없는 삶은 어떤 걸까? 호아는 아저씨의 말이 때로 수수께끼보다 더 어려웠다.

한번은 아저씨가 전화로 호아에게 물었다.

"경수가 제일 친한 동무니?"

"아마도 그럴 거예요."

"확실한 게 아닌가 보네."

"경수는 어떤지 모르잖아요. 걔는 학교에서 사귄 친구들도 있고⋯⋯."

"너도 학교에 가고 싶니?"

"아니요, 지금은 아니에요. 전 우리 학당이 좋아요."

호아는 할머니가 운영하는 작은 학당을 다니고 있었다. 거기서 한글과 산술, 과학과 역사를 배우고, 영어도 배웠다. 바느질이나 자수도 가끔 했는데 호아는 노래와 체조하는 걸 더 좋아했다.

"아저씨도 제일 친한 동무가 있어요?"

"있었지. 지금은 멀리 떠났지만."

"어디로 갔는데요?"

아저씨는 잠깐 아무 말이 없었다.

"내가 도깨비 친구 얘기했던가? 어느 날 밤길을 가는데 웬 그림자 하나가 따라오더구나. 돌아보니 호리호리하게 생긴 도깨비였어. 그런데 참 희한하지. 도깨비 이마에 꽃줄기가 솟아 있었단다. 끝에는 달처럼 하얀 꽃봉오리도 맺혀 있고. 그는 멀리 떠나는 길이라고 했어. 이마에 뿔이 달린 도깨비들 때문이라고 했지. 그들이 꽃줄기를 뽑아내고 억지로 뿔을 달게 한다는 거야. 그 등쌀에 자기 같은 도깨비는 씨가 마를 지경이라고. 그래서 꽃을 영영 잃어버리기 전에 떠나야 한다고. 도깨비 친구는 그렇게 걸음을 서둘렀고 이내 아득히 사라졌단다. 그래, 믿기 어려운 이야기지. 나도 꿈을 꾼 게 아닌가 싶었으니까. 그런데 날이 새고 이튿날 아침에 내가 길에서 무얼 봤는지 아니? 말라비틀어진 고목나무에 홀로 하얗게 핀 꽃.

그래, 거기서 나는 향기는 진짜였단다."

또 아저씨와 이런 일도 있었다. 언젠가 추운 겨울이었다. 호아가 몹시 아팠다. 심한 고뿔에 걸려 며칠 동안 앓아누웠다. 경수도 걱정이 되어 이따금 안방을 빼꼼히 들여다보았다. 그러면 호아는 두꺼운 솜이불을 푹 뒤집어쓰고 맹맹한 목소리로 경수에게 말했다.

"그러다 고뿔 영감이 너한테 간다."

선교사가 운영하는 병원에서 할머니가 약을 지어 와 호아에게 먹였다. 아줌마가 군불을 얼마나 땠는지 아랫목이 쩔쩔 끓었다. 요를 뚫고 올라오는 열기를 느끼며 호아는 눈을 감았다. 약 기운에 까무러지면서 '하느님, 고뿔 영감 좀 빨리 데려가 주세요.' 하고 빌었다.

호아는 뒤척이면서 자다 깨다를 반복했다. 깜깜한 눈꺼풀 속에 할머니 얼굴, 경수 얼굴, 아줌마 얼굴이 차례로 어른거렸다.

따르릉!

갑자기 전화벨 소리가 들렸다. '참, 우리 전 서방을 빼놓을 뻔했네.' 생각하며 호아는 피식 웃고 다시 잠에 빠졌다.

잠결에 호아는 어떤 큰 손이 자신의 이마를 부드럽게 짚는 걸 느꼈다. 가만히 눈을 뜨자 머리맡에 웬 양복 입은 신사가 앉아 있었다. 방 안이 어둑해서 얼굴이 잘 보이지 않았다.

"누구세요? 하느님이세요?"

호아는 이렇게 물으려 했으나 목이 콱 잠겨 말이 잘 나오지 않았다.

"괜찮다, 호아야. 곧 나을 거다."

목소리가 무척 깊고 따뜻했다. 호아는 마음이 편안해지는 걸 느꼈다. 그리고 다시 스르르 잠에 빠져들었다.

아침에 눈을 뜨자 몸이 한결 가뿐했다. 호아는 지난밤 양복 신사가 꿈인지, 생신지, 진짜 하느님이었는지 영 아리송했다.

"우리 호아, 이제 좀 괜찮으십니까?"

할머니가 호아의 헝클어진 이마를 쓸어 주었다.

"밤에 손님이 다녀갔구나."

할머니는 호아에게 책을 한 권 내밀었다. 표지에 정갈한 활자로 〈심청전〉이 쓰여 있었다. 겉표지를 열자 속지에 손글씨 몇 줄이 적혀 있었다.

호아야,

길고 긴 추위가 물러가면 양지바른 언덕에

어여쁜 봄꽃이 피어날 게다.

그날 꼭 함께 보러 가자꾸나.

- 도깨비 아저씨가

호아는 마지막 줄을 다시 읽어 보았다. '도깨비 아저씨가'
어젯밤 깊고 따뜻했던 목소리가 다시금 귓가에 울렸다. 호아
가 아는 목소리가 분명했다.

"네가 잠들었을 때 전화가 왔었다. 아프다고 하니 밤중에
기어이 널 보러 오셨단다."

아저씨가 고뿔 영감을 데려간 것일까? 호아는 그날로 씻은
듯이 나았다. 어쨌든 기도는 이루어진 셈이었다.

호아는 아저씨가 쓴 짧은 편지를 보고 또 보았다. 긴 겨울
이 가고 어서 봄이 오기를 기다렸다. 봄꽃이 다보록하게 피어
있는 언덕에서 아저씨와 다정히 거니는 날을 마음속에 그려

보았다. 그러면서 편지가 적힌 책을 읽고 또 읽었다.

기다리던 봄이 왔다.

하지만 아저씨는 찾아오지 않았다. 여름이 지나고 가을이
와도 아저씨는 오지 않았다. 어쩐 일인지 전화도 없었다. 호아
는 언제고 아저씨가 올 거라고 믿었다. 못난 화장을 하고 북
을 동동 치면서 올지, 아니면 깨끗한 양복을 입고 꿈결처럼
찾아올지 알 순 없었지만 분명 올 거라고 믿었다.

호아는 〈심청전〉을 들고 밖으로 나갔다. 호아가 〈심청전〉을
들려주자 처음엔 동네 아이들이 모여들었고, 점점 어른들도
호아에게 귀를 기울였다. 사람들 앞에서 한창 옛이야기를 하
고 있을 때면 마치 다른 세상에 있는 것만 같았다. 그 시간은
호아에게 색다른 즐거움이 되어 주었다. 호아는 자신이 들려
주는 〈심청전〉을 아저씨도 언젠가 듣게 되리라고 믿었다.

"널 찾는 전화가 왔었다."

할머니가 푸른 눈동자로 호아를 바라보며 말했을 때, 호아
는 그게 아저씨라는 것을 단박에 알아차렸다. 꼭 일 년 만이
었다. 그동안 통화 한 번 못했지만 호아는 아저씨의 목소리를

생생하게 기억했다. 아저씨가 남긴 모든 것이 아저씨에 대한 기억을 살아 있게 했다. 호아는 머리끝에 드린 빨간 댕기를 만져 보았다.

신기한 무선전화

"동짓날이요? 틀림없죠, 할머니?"

호아가 들뜬 목소리로 물었다. 할머니는 엷은 미소를 띠고
서 고개를 끄덕였다. 호아는 아저씨가 오기로 한 날짜를 손으
로 꼽아 보았다. 동짓날이면 이레도 채 남지 않았다.

"그날은 팥죽을 더 푸짐하게 쑤어야겠구나."

할머니가 말했다. 호아는 고개를 끄덕거리며 활짝 웃었다.

이튿날 오후 호아는 청계천으로 향했다. 아이들한테 약속
한 대로 책방에 가서 이야기를 마저 들려줄 생각이었다. 바람
이 차가웠지만 발걸음은 어느 때보다도 가벼웠다.

종로에서 골목으로 내려가는 길이었다. 호아는 우미관 앞
에 엄청나게 많은 사람들이 모여 있는 것을 보았다. 우미관은
이 층짜리 벽돌 건물로, 경성의 유명한 극장이다. 주로 북촌
의 조선 사람들이 활동사진[4]을 보러 오는 곳이다. 도대체 얼
마나 재미난 활동사진이기에 대낮부터 사람들이 구름처럼 몰
려든 걸까? 호아는 북적거리는 사람들 가까이 다가갔다.

"아침부터 내내 기다렸는데 언제 시작하려는가?"

- -
4) '영화'의 옛말로, 움직이는 사진이라는 뜻이다.

"난 인천서 달려왔소이다. 이쪽 양반은 개성에서 오셨다는 구면."

사람들은 기다림 속에서도 잔뜩 기대에 부푼 표정이었다. 호아는 궁금증을 참을 수 없었다.

"저, 여기서 무슨 활동사진 나오는데요?"

호아가 곁에 있는 사람을 붙들고 물었다.

"활동사진 보러 온 거 아니다."

"그러면요?"

"무선전화를 들으러 왔지."

"네?"

무선전화? 도무지 무슨 말을 하는 건지 알 수가 없었다. 전화라면 호아도 잘 알고 있었다. 그런데 무선전화는 뭐람? 게다가 이렇게 많은 사람들이 한꺼번에 전화를 듣는다고?

어리둥절해서 고개를 갸우뚱하고 있는데, 마침 극장 문이 열렸다.

"옳거니! 드디어 시작하는가 보군."

흥분에 휩싸인 사람들이 안으로 밀려들기 시작했다. 호아는 얼떨결에 사람들에게 떠밀려 극장 안으로 들어갔다.

극장 안은 금세 발 디딜 틈 없이 꽉 찼다. 기대와 호기심에 들뜬 목소리들이 웅성웅성했다. 호아는 영문도 모른 채 열띤 분위기에 덩달아 휩쓸려 버렸다. 뭔가 놓쳐선 안 될 일이 벌어질 것만 같았다. 사람들이 객석에 빼곡히 앉았다. 호아도 나무로 된 긴 의자 끝에 가까스로 엉덩이를 붙였다.

은막이 드리워진 무대 앞에 네모난 상자 같은 것이 놓여 있었다. 안이 조금 복잡하게 생긴 것이었다. 커다란 나팔도 함께 서 있었는데, 그것은 객석을 향해 주둥이를 활짝 벌리고 있었다. 그 크고 둥그런 입이 호아의 눈길을 잡아끌었다.

양복을 차려입은 한 남자가 무대에 올라섰다.

"여러분, 무선전화 시험 방송 자리에 오신 것을 환영합니다. 먼저 무선전화에 관한 활동사진을 보시겠습니다."

은막 위에 화면이 비쳤다. 어떤 기계와 장치들의 모습이 나타나고, 남자의 설명이 뒤따랐다.

"무선전화는 구리줄조차 연결되는 것 없이 소리가 천리만리 날아가 들린답니다. 기계 하나만 있으면 어디서나 음악 소리든 말소리든 다 들을 수 있습니다."

호아는 집에 있는 전화기를 떠올렸다. 전화는 연결된 선을 통해 말소리를 서로 주고받게 해 준다. 그런데 무선전화라는 것은 선으로 연결되지 않고도 소리를 멀리 전달할 수 있다는 것이다.

"영국에서 부르는 음악가의 노래가 무선전화를 통해 독일, 불란서에 전해져 또렷하게 들렸다고 합니다. 또, 미국에서 연주한 음악이 무선전화로 일본에 울려 퍼지기도 했습니다. 이런 희한한 일이 구미 여러 나라에서는 이미 보통 일로 일어나고 있습니다."

소리가 저 혼자서 그렇게나 멀리 날아간다니! 호아는 설명을 듣고도 믿을 수가 없었다. 바람을 타고 날아가는 걸까? 아니면 번개에 실려서 달아나는 걸까? 무슨 도술을 부리는 게 아니고서야 어떻게 소리가 몇 만 리나 떨어진 곳으로 눈 깜짝할 새 날아갈 수 있을까? 호아의 머릿속은 온통 뒤죽박죽이 되었다.

"자! 지금부터 무선전화 방송을 시험하겠습니다."

사람들은 드디어 올 것이 왔다는 표정으로 무대를 지켜보았다.

"저기 수표교 부근의 신문사에서 무선전화로 소리를 내보

낼 것입니다. 그럼 여기 우미관에서 그 소리를 받아 들려 드리겠습니다. 여기 있는 수신기에서 신호를 받으면 이 나팔 모양의 고성기에서 소리가 나올 것입니다."

수천 개의 눈이 일제히 한곳으로 쏠렸다. 모두의 시선을 사로잡은 나팔은 더욱 크고 당당해 보였다. 호아는 손에 땀을 쥐고서 나팔을 뚫어지게 쳐다보았다. 그 속으로 꼭 빨려 들 것만 같았다.

치익— 피익— 하는 소리가 잠시 들리더니, 곧 나팔에서 누군가의 목소리가 흘러나왔다.

"조선 동포 여러분, 안녕하십니까? 저는 이상재입니다."

호아가 숨을 헉 들이마셨다. 극장 안 여기저기서 탄성이 터져 나왔다. 이어 우레와 같은 박수가 쏟아졌다.

"맞구려, 이상재 선생의 목소리가 맞아!"

목소리의 주인공을 아는 사람들이 신기해하며 맞장구를 쳤다.

이상재 선생은 존경받는 민족운동가다. 그의 진지하고 감격에 찬 목소리가 사람들의 마음속을 파고들었다.

이상재 선생의 인사말이 끝나자, 이번에는 한 여성의 목소리가 이어졌다.

"저는 방송의 사회를 맡은 최은희 기자입니다."

최은희 기자는 민간 신문 최초의 여기자다. 호아는 그 부드
럽고 당당한 목소리가 참 멋지다고 생각했다.

최은희 기자가 다음 순서를 소개하자 곧이어 극장 안에는
판소리 명창의 노래가 울려 퍼졌다. 바로 눈앞에 소리꾼이 있
는 것처럼 느껴졌다. 구성진 목소리가 오르락내리락하며 힘
있게 뻗어 나갔다. 객석이 절로 들썩였다.

노래가 끝나고 이어서 여러 가지 악기로 연주하는 음악이
흘러나왔다. 가끔 알 수 없는 잡음이 섞여 소리가 고르지 못
하고 끊어질 듯 이어지기도 했다. 하지만 호아에게는 피지직
끼어드는 잡음조차 신비롭게 느껴졌다. 마치 미지의 세계에서
보내온 수수께끼 암호 같았다.

시험 방송이 끝난 뒤에 우미관은 오랫동안 사람들을 밖으
로 토해 냈다. 우르르 쏟아져 나온 사람들은 극장 안에 들어
갈 때보다 더 흥분된 모습이었다. 사람들은 이게 웬 조화냐
며 놀라워했다. 세상 오래 살고 볼 일이라고 혀를 내두르기도
했다. 많은 사람들이 극장 앞을 쉽사리 떠나지 못했다.

호아도 무슨 요술을 보고 나온 것 같았다. 호아는 고개를 들고 주변 하늘을 휘휘 둘러보았다. 소리가 날아온 길이나 흔적 같은 건 전혀 찾아볼 수 없었다.

'이 기막힌 일을 다들 알고 있을까?'

호아는 청계천으로 달려갔다. 입이 근질근질했다. 찬바람이 두 볼을 휙휙 스쳤다.

책방 할아버지는 무선전화 시험 방송에 대해 알고 있었다.

"내일은 책방 문을 일찍 닫아야겠다. 가서 나도 죽기 전에 신기한 조화를 한번 봐야겠어."

할아버지는 신문에 미리 난 광고를 보여 주었다. 앞으로 이틀 더 시험 방송이 있을 예정이었다.

호아는 책방 앞에 아이들을 불러 모아 한바탕 이야기판을 벌였다. 이번엔 〈심청전〉이 아니라 신기한 무선전화 이야기였다. 아이들의 입이 쩍 벌어지고 눈이 휘둥그렇게 되었다.

한 아이가 호아의 얘기를 듣다가 불쑥 말했다.

"발 없는 말이 진짜로 천 리 가네?"

호아는 과연 그 말도 일리가 있다고 생각했다.

집에 돌아와서도 호아의 이야기는 계속되었다.

"우리 전 서방보다 더 신통해요."

할머니는 호아가 늘어놓는 이야기에 잠자코 귀를 기울였다. 미소를 짓고 고개를 끄덕이던 할머니는 호아에게 이렇게 말했다.

"그래, 몇 해 전부터 그런 실험을 세계 여러 나라에서 하고 있었다지. 그 무선전화라는 것을 미국에서는 라디오[5]라고 부른단다."

라디오!

호아는 그 말을 여러 번 되뇌어 보았다. 처음 듣는 낯선 이름이 썩 마음에 들었다.

---

[5] 1920년대 초에 선 없이 소리를 전해 주는 물건이라고 해서 '무선전화'라고 하다가, 1925년부터 라디오라고 부르게 되었다. 그 당시에는 '라듸오'라고 표기했다.

5

기억을 담은 책

"푸른 하늘 은—하수 하얀 쪽배엔—

계수나무 한—나무 토끼 한 마리—."

호아가 목청을 뽑았다.

"또 시작이야?"

경수가 마당에 서서 안채에 대고 말했다.

호아의 낭랑한 목소리가 계속 흘러나왔다.

"돛대도 아니 달고— 삿대도 없이—."

"너한테 옮아서 나도 자꾸 그 노랠 흥얼거리게 된다고!"

경수는 투덜거리면서 옆에 세워 둔 작은 나무를 톡톡 건드렸다.

"가—기도 잘도 간다 서—쪽 나라로—."

호아가 노래를 마저 부르고 방에서 나왔다. 손에는 꾸러미를 하나 들고 있었다.

"너도 이 노래 좋아하면서 뭘."

호아는 마당으로 내려가면서 말했다.

지난 사흘 동안 무선전화 시험 방송이 이어질 때, 호아는 경수랑 같이 또 방송을 들으러 갔었다. 그때 나팔에서 이 노래가 흘러나왔다. 한 음악가가 불렀는데, 제목이 〈반달〉이라고 했다.

"내가 꾀꼬리 같은 목소리로 불러 주니 고맙지? 안 그래?"

"훠이, 집어치워."

경수가 손을 홰홰 내저었다. 호아는 입을 삐죽거렸다. 아무리 그래도 호아는 그날 본 경수의 모습을 잊을 수가 없었다. 눈을 꼭 감고 노래에 푹 빠져 있던 모습을 말이다.

호아는 가지고 나온 꾸러미를 끌렀다. 안에는 색색으로 반짝거리는 장식물이 들어 있었다. 몇 해 전부터 쓰던 것이지만 장롱 속에 고이 간직해 왔기 때문에 여전히 쓸 만했다.

호아와 경수는 종, 리본, 구슬 따위의 장식을 꺼내 작은 나무에 하나씩 달았다. 아까 교회당에서 본 것만큼은 아니지만 꽤 그럴싸한 성탄 나무가 되어 갔다. 반들반들한 구슬 장식에 흡족한 두 얼굴이 비쳤다. 구주 성탄일이 이제 며칠 앞으로 다가왔다.

"어여쁘게 잘 꾸몄구나."

할머니가 마당에 들어서며 말했다. 주일 예배를 마친 뒤 할머니는 교회당에 남아서 좀 더 일을 보고 들어오는 길이었다.

"할머니, 어디 편찮으신 건 아니죠?"

호아가 할머니의 안색을 살피며 물었다. 할머니는 요즘 좀 피곤해 보였다.

"아니다. 아픈 데 없으니 걱정 마라. 요새 할 일이 좀 많을 뿐이란다."

할머니는 호아의 어깨를 토닥이고서 나무로 다가갔다.

"저런, 크리스마스트리에 중요한 게 하나 빠졌구나."

할머니는 장식 꾸러미를 뒤적이더니 황금색별을 찾아서 꺼냈다. 그리고 나무 꼭대기에 살포시 얹었다.

"황금빛 샛별이네요."

경수가 별 장식을 쳐다보며 말했다.

"마음을 밝히는 별이지."

할머니가 부드럽게 미소를 지었다. 호아는 할머니의 눈이 별처럼 은은하게 빛나는 것을 보았다.

일찌감치 저녁을 먹고 할머니는 건넌방으로 들어갔다. 얼마 전부터 할머니는 건넌방 책상 앞에 앉아 오래도록 펜대를 내려놓지 않았다. 꼿꼿이 앉아서 무얼 그렇게 열심히 쓰는 건지 호아는 점점 궁금해졌다.

호아가 방문을 열고 고개를 쓱 디밀었다.

"할머니, 화롯불 더 가까이 놔 드릴까요?"

할머니가 콧잔등에 걸친 돋보기 너머로 호아를 건너다보았다. 호아는 히 웃어 보였다. 할머니도 호아의 마음을 알아챘는지 빙그레 웃었다.

"우리 훼방꾼이 오셨구려. 어서 안으로 드시지요."

할머니의 말이 떨어지기가 무섭게 호아는 냉큼 방으로 들어갔다.

"헤, 죄송해요, 할머니. 근데 뭘 쓰고 계셨어요?"

"어떤 이야기를 쓰고 있었다."

"옛날이야기예요?"

"옛날 얘기면서 지금의 이야기기도 하지."

"음, 그게 뭔데요?"

호아는 책상 위에 펼쳐진 두 권의 책을 들여다보았다. 하나는 빛바랜 종이에 꼬불꼬불한 영어가 빼곡히 쓰여 있었고, 다른 하나는 한글이 반듯반듯하게 적혀 있었다.

"오래전부터 써 온 비망록이란다."

"비망록이요?"

"그래, 기억을 담은 책이지. 영어로 쓴 것을 다시 한글로 옮겨 적고 있단다."

"왜요?"

할머니는 호아의 말똥말똥한 눈을 들여다보면서 대답했다.

"내 기억을 고스란히 전해 주기 위해서란다."

"기억을 전한다고요? 누구한테요?"

호아의 궁금증은 점점 더해 갔다.

그때 밖에서 경수의 목소리가 들렸다.

"할머니, 우리 군밤 먹어요!"

"하하, 훼방꾼이 또 있었구나."

호아가 일어나서 방문을 열자, 경수가 두 손 가득 알밤을 들고 서 있었다. 할머니는 화로를 끌어다 방 한가운데 놓았다. 안으로 들어온 경수는 화롯불에 알밤을 쏟아 넣었다.

세 사람은 화로에 다가앉았다. 뭉근한 불 위에서 밤이 서서히 익어 갔다. 호아는 할머니의 비망록에 대해 듣고 싶었다.

"그러니까 저 책에 할머니의 기억이 담겨 있다는 거죠?"

"그래. 조선에 와서 겪은 일들을 잊지 않으려고 적어 뒀지."

호아는 책상 위로 자꾸만 눈길이 갔다.

"내가 쓴 이야기가 궁금한 모양이구나."

"네! 듣고 싶어요!"

"그럼, 조금만 들려줄까?"

할머니는 책상에 펼쳐져 있던 책을 집어 들었다.

"어디 보자……. 그래, 궁궐에 갔을 때의 이야기를 해 줘야 겠구나."

호아와 경수는 눈을 빛내며 할머니 쪽으로 몸을 기울였다.

"조선에 온 지 얼마 지나지 않았을 때였다. 난 다른 선교사 들과 함께 궁궐에 갈 기회가 생겼지. 당시 조선은 대한제국이 라는 새로운 이름을 갖게 되었고, 고종 임금이 황제 즉위식 을 치른 뒤였단다. 우리 선교사 일행은 황제가 계신 경운궁으 로 향했어. 지금은 덕수궁이라고 부르는 곳이지. 황제를 뵙기 에 앞서 우린 궁궐 안 어느 방에서 기다려야 했단다. 기다리 는 동안 점잖은 신하가 우리에게 차와 커피, 과자 등을 내놓 고 권하더구나. 얼마간 시간이 흘렀을 때, 전화벨 소리가 울 렸단다. 그래, 그곳에 전화가 있었어. 그때가 1890년대 말이었 는데, 이미 그 무렵 궁중에선 전화를 사용했단다."

"그렇게 일찍부터요?"

호아가 조금 놀라서 말했다.

"그래. 하지만 더 놀랄 일은 그 다음부터란다. 전화가 울리자 곁에 있던 신하가 전화를 향해 큰절을 네 번 연거푸 하더구나. 그런 다음 무릎을 꿇고 엎드려서 수화기를 귀에 댔단다. 임금의 전화를 받기 위해 신하들은 그런 예절을 갖추어야 했던 게지."

"으아, 보이는 것도 아닌데……."

경수가 혀를 내둘렀다.

"우리도 그런 모습을 보고 적잖이 당황스러웠다. 바닥에 엎드린 신하 옆에서 그냥 의자에 앉아 있기도 왠지 민망하고 어색했지. 결국 우린 엉거주춤 일어서서 황제의 전화가 끝나기를 기다렸단다. 통화를 마친 신하는 곧바로 우리를 황제가 계신 방으로 안내했어."

호아는 마치 자기가 고종 황제를 만나러 가는 것처럼 두근거렸다. 경수도 잔뜩 기대하는 표정이었다.

"고종 황제는 온화한 미소로 우리를 맞으셨단다. 용의 무늬를 수놓은 노란색 비단옷을 입고 머리엔 검은색 관을 쓰고 계셨지. 인자하고 기품 있는 모습이 지금도 잊히지 않는구나."

할머니는 잠시 말을 멈추고 그때 본 황제의 모습을 떠올리는 듯했다.

"난 그때 조선말이 서툴렀기 때문에 통역의 도움을 받아야 했지. 황제는 우리에게 자상하게 이것저것 물으셨단다. 멀리 외국에서 오는 길은 어땠는지, 조선에서 생활하는 것은 편안한지 등을 말이다. 나는 대화를 나누면서 황제의 친절하고 너그러운 성품을 느낄 수 있었단다."

호아는 황제의 자상한 목소리를 상상해 보았다. 직접 들어 보고 싶지만 이제는 아무도 그럴 수 없다. 고종 황제는 지난 기미년에 승하했기 때문이다.

"고종 황제는 새로운 것에 관심이 많았고, 그것을 받아들이는 데도 적극적이셨단다. 일찍부터 궁에 전등을 달아 밝혔고, 사진에도 큰 관심을 보이셨지. 아마 너희도 황실에서 찍은 사진을 본 적 있을 게야."

호아는 언젠가 보았던 고종 황제의 사진이 떠올랐다. 그 사진에서 고종 황제는 용무늬가 있는 비단옷 대신 양복을 입고 머리를 짧게 자른 모습이었다.

"그래서 궁궐에 전화도 일찍 들인 거군요?"

경수의 말에 할머니가 고개를 끄덕였다.

"그때만 해도 전화는 '덕률풍'이라고 불렸단다. 전화를 영어로 텔레폰이라고 하지. 그 말을 한자로 나타낸 것이란다. 고종 황제는 덕률풍으로 신하들에게 지시를 하고, 보고를 받기도 했단다."

"그때마다 신하들은 전화에 대고 큰절을 하고요?"

경수가 전 서방을 향해 절하는 시늉을 했다. 호아는 쿡 웃음을 터뜨렸다.

화로에서 탁 탁 소리가 났다. 밤 껍질이 벌어지는 소리였다. 경수가 군밤을 하나 집어서 호호 불었다. 껍질 틈새로 노랗게 익은 속살이 드러났다.

"옛날이었으면 전 서방이 아니라 덕 서방이 될 뻔했네요."

호아는 덕률풍이란 말을 되새김하면서 말했다.

"그때였으면 아마 지금의 전 서방처럼 사람들에게 대접받지 못했을 거다."

"어째서요?"

"당시에 사람들은 덕률풍, 그러니까 덕률 바람이 땅 위의 물을 마르게 해서 가뭄을 불러온다고 여겼거든. 뿐만 아니라 전화에 귀신이 붙었다고 믿는 사람들도 있었어."

가뭄? 귀신? 호아는 말도 안 된다고 생각했다. 호아에게 전화는 그저 편리하고 기특한 물건이다. 전화가 나쁜 기운을 불러온다고 생각해 본 적은 한 번도 없었다.

"사실은……."

경수가 입안에 있던 군밤을 우물우물 씹어 삼키며 말했다.

"사실은, 저도 이 집에 와서 처음 전화를 봤을 때 무슨 물건인지 몰랐어요. 궁금해서 수화기를 한번 들어 봤는데 거기서 삑 소리가 나는 거예요. 날카로운 소리에 깜짝 놀라서 수화기를 팽개치고 뛰쳐나왔죠. 그때 잠깐 그런 생각이 들었어요. 저 이상한 물건에 귀신이 붙었나 보다고요."

경수는 머리를 긁적이며 웃었다.

"새로운 것을 받아들이는 게 말처럼 쉬운 일은 아니지. 나도 처음 조선에 왔을 땐 모든 것이 낯설었단다. 말도 풍습도 다 새로 익혀야 했지. 하지만 여기서 반평생 살다 보니 지금은 조선 사람 다 되지 않았니? 아, 이 코는 빼고 말이다. 하하하."

호아와 경수도 따라서 킥킥 웃었다.

"사람은 시간이 지날수록 새로운 것에 적응하고 익숙해지기 마련이야. 전화를 생각해 보렴. 지금도 전화 때문에 가뭄이 든다고 생각하는 사람은 아마 없을 게다."

호아는 문득 무선전화 시험 방송 때 느낀 대단한 열기를 떠올렸다. 사람들은 새로운 과학의 발전을 보려고 아우성이었다. 불과 이삼십 년 사이에 정말 많은 것이 달라진 듯했다.

"무선전화에도 다들 익숙해질까요? 전 아직 너무 신기하기만 해요."

"언젠가는 그렇게 될 테지. 하지만 아무리 시간이 흘러도 결코 익숙해져선 안 되는 것도 있단다. 정신을 똑바로 차리고 자신을 들여다봐야 할 때가 있는 거란다."

할머니의 표정이 사뭇 진지해졌다. 호아는 할머니의 말을 이해하려고 애썼지만 알듯 말듯 했다.

"돌이켜 보면 조선에 참 많은 변화가 있었구나. 하얗게 센 내 머리칼만큼, 이 얼굴의 주름살만큼 말이다. 내 비망록에는 그런 변화가 기록되어 있다. 나는 이 책에 나의 기억을 담으면서 내가 사랑하는 조선을 담았단다."

밤이 가장 긴 날

호아는 이른 아침부터 눈이 번쩍 뜨였다. 이부자리를 개면서 저절로 콧노래가 나왔다. 마당에서 어푸어푸 얼굴을 씻고, 정성껏 머리를 빗었다. 여느 때처럼 빨간 댕기를 드리고 할머니에게 머리가 잘 되었는지 여러 번 되물었다.

가마솥에서는 벌써 김이 모락모락 피어올랐다. 미리 불려둔 팥을 한소끔 끓이고 나서 푹 삶는 중이었다. 아줌마가 주걱으로 팥을 저으면서 호아에게 말했다.

"새알심 좀 만들어 줄래?"

아줌마는 턱으로 부뚜막 한구석을 가리켰다. 거기에 하얀 찹쌀 반죽이 놓여 있었다. 호아는 반죽을 조금씩 떼어 손바닥으로 동글동글하게 굴렸다.

동짓날을 작은 설날이라고 한다. 동짓날 팥죽에 든 새알심을 나이 수만큼 먹으면 한 살 더 먹는다는 말이 있다. 호아도 더 어렸을 적엔 동지 팥죽의 새알심을 꼬박꼬박 세면서 먹었다. 언제부턴가 개수를 세지 않게 되었지만, 쫀득쫀득하게 씹는 맛은 변함없이 좋아했다.

호아는 탱글탱글 빚은 새알심을 가마솥에 오르르 쏟아 넣었다. 구수하게 퍼지는 팥죽 냄새에 군침이 돌았다. 동동 떠오르는 새알심을 보며 호아는 문득 아저씨는 몇 살일까 궁금했다.

아줌마가 팥죽을 떠서 대문간으로 가져가며 경수를 깨웠다. 부스스 일어난 경수가 마당에 있던 호아와 눈이 마주쳤다. 경수는 조금 놀란 듯이 말했다.

"어, 잠보가 웬일이냐?"

"누가 누구더러 잠보래?"

호아는 혀를 쏙 내밀고는 아줌마를 따라 대문 밖으로 나갔다. 아줌마는 솔가지에 팥죽을 적셔 대문에다 척척 뿌렸다. 잡귀를 쫓기 위해서였다. 나쁜 귀신이 팥의 붉은색을 싫어한다는 거였다.

이웃집을 보니 거기도 팥죽을 뿌린 흔적이 있었다. 그뿐 아니라 대문 기둥에 부적도 붙어 있었다. 뱀 '사' 자를 써서 거꾸로 붙인 것이었다. 부적 역시 뱀이나 몹쓸 귀신을 쫓기 위한 거였다. 아줌마도 그 집처럼 부적을 써 붙이고 싶은 눈치였다. 그러나 선교사의 집에 부적을 붙여 놓을 순 없는 노릇이었다.

할머니는 팥죽을 뿌리는 걸 나무라진 않았다. 그렇다고 그

것이 정말 잡귀를 쫓는다고 믿는 것은 아니었다.

팥죽을 한술 뜨며 할머니는 이렇게 말했다.

"이 맛있는 걸 뿌려서 새나 벌레도 같이 먹으면 좋은 일이지."

호아는 아저씨도 어서 와서 팥죽을 같이 먹으면 더 좋을 거라고 생각했다.

오전 내내 호아는 대문 밖을 서성였다. 골목을 이쪽저쪽 둘러보다가 다시 들어오기를 반복했다.

"오후 늦게야 오실 게다. 추운데 들어오렴."

할머니의 말에도 호아는 안에서 가만있기가 어려웠다. 시간이 더디 흘렀다.

오후가 되면서 날이 점점 흐려졌다. 바람도 매섭게 불었다. 마당 위로 뭔가가 툭 떨어졌다. 성탄 나무 꼭대기에 있던 황금색별이었다. 호아가 주우려고 손을 뻗자 바람이 별을 더 멀리 휩쓸고 갔다. 호아는 데굴데굴 달아나는 별을 간신히 붙잡아 나무에 도로 꽂았다.

'아차, 그 생각을 못했네.'

호아는 제 머리를 콩 쥐어박았다. 오늘이 동짓날인 것만 생각하고, 사흘 뒤 성탄일인 걸 미처 신경 쓰지 못한 것이다. 아저씨를 위해 선물 하나 준비하지 않았다니! 호아는 모아 둔 용돈을 챙겨서 부리나케 시장으로 뛰어갔다.

추운 날씨에도 배오개장[6]은 사람들로 붐볐다. 호아는 사람들 사이를 요리조리 빠져나가며 부지런히 가게들을 살펴보았다. 쌀, 콩과 같은 곡식을 파는 곳이 많았고, 채소와 과일, 생선 가게도 더러 있었다. 갖가지 천과 신발, 그릇 따위의 생활용품을 늘어놓고 상인들이 손님을 끌기 위해 소리를 쳤다. 한쪽에선 아주머니들이 솥뚜껑처럼 생긴 무쇠 그릇에 빈대떡을 지글지글 부쳤다. 고소한 기름 냄새가 풍겼다.

여느 때 같았으면 천천히 구경하며 군것질도 했겠지만, 지금은 마음이 바빴다. 두리번거리며 마땅한 것을 찾던 중 호아의 눈에 딱 들어오는 것이 있었다.

"이 지팡이 얼마예요?"

호아가 매끄럽고 튼튼해 보이는 지팡이를 들어 보였다. 가게 주인이 손가락을 쫙 펼치며 오십 전이라고 했다. 호아는

---

6) 배오개 너머에 있는 시장으로, 오늘날의 광장 시장을 이른다.

가진 돈을 세어 보았다. 요전에 책방 할아버지한테서 받은 돈까지 합해도 턱없이 모자랐다.

"저, 돈이 이거밖에 없는데 좀 깎아 주세요."

"그렇게는 안 된다. 어디 가서 이만한 값에 이런 좋은 물건 못 사."

"아유, 그러지 말고 깎아 주구려."

옆에서 누가 불쑥 끼어들며 말했다. 호아를 아는 이웃집 아주머니였다. 지나가다가 호아를 알아본 모양이었다.

"이집 할머니가 미국 부인인데 조선에서 좋은 일 많이 하신다우. 할머니 드릴 건가 본데, 거 그냥 깎아 줘요."

아주머니는 호아가 말할 틈도 없이 능숙하게 흥정을 했다. 가게 주인은 "허, 이거 참." 하면서 못 당하겠다는 얼굴을 했다.

"옛다, 내 인심 쓴다. 진짜 좋은 나무로 만든 거야. 가서 우리 가게 소문이나 많이 내 줘라."

호아는 지팡이를 거의 반값에 샀다. 할머니한테 선물하는 게 아니라고 말하지 못한 것이 좀 걸렸지만, 다들 너그럽게 이해해 줄 거라고 믿었다.

호아는 곧장 숨이 턱에 닿도록 집으로 달려갔다. 아저씨는 아직 오지 않았다. 호아는 지팡이에 리본 장식을 묶어 성탄 나무에 가만히 기대어 놓았다. 땅거미가 내리고 있었다.

저녁 먹을 때가 지났는데 아저씨는 올 기미가 보이지 않았다. 호아는 마음이 조마조마했다. 먼저 저녁을 먹자는 할머니도 걱정스러운 눈빛으로 대문 쪽을 슬쩍 쳐다보았다. 아줌마가 팥죽을 데워 상을 차렸다.

"손님 몫은 따로 챙겨 놨어. 어여 들어가 먹어."

"저는 여기서 먹을래요."

호아는 죽 그릇을 들고 마루에 걸터앉았다. 열린 대문을 바라보며 팥죽은 먹는 둥 마는 둥 했다.

대문 틈새로 바람이 훅 불어왔다. 성탄 나무에 달린 장식이 어스름 속에서 스산하게 흔들렸다. 바람이 더욱 거세게 몰아쳤다. 대문이 덜커덩거렸다. 나무 꼭대기의 황금색별이 휙 날아가는 걸 보고 호아가 "어!" 하면서 일어섰다. 바로 그때 건넌방에서 전화벨이 울렸다.

"여보세요?"

호아가 부리나케 달려가 전화를 받았다.

"호아니?"

"아저씨!"

"호아야, 집에 아무 일 없니?"

아저씨의 목소리는 왠지 긴장한 것 같았다.

"아니요. 아저씨만 기다리고 있어요. 왜 안 와요, 아저씨?"

수화기 저편에서 잠시 숨을 골랐다.

"미안하구나. 우리 호아한테는 정말 미안해. 언젠가 다 설명할 날이 올 거다."

"아저씨, 왜 그래요?"

"혹시 무슨 일이 생길지도 모르니……"

"무슨 일이요?"

"할머니랑 잠깐 다른 곳으로 가 있는 게 좋겠어."

"네?"

"호아야, 나는……"

갑자기 전화가 뚝 끊어졌다.

"아저씨? 여보세요?"

도대체 무슨 일인지 알 수가 없었다. 멍하니 수화기를 내려다보는데, 별안간 밖에서 구둣발 소리가 들렸다.

저벅저벅! 한 사람이 아닌 듯했다. 구둣발들은 마당을 가로질러 그대로 마루 위에 뛰어올랐다. 호아는 기겁해서 얼른 방문을 걸어 잠갔다.

"아이고머니나!"

아줌마가 자지러질 듯 놀라 소리쳤다. 호아는 손으로 입을 틀어막고 벽에 바싹 달라붙었다. 벌벌 떨면서 문구멍으로 조심스레 밖을 내다보았다. 시커먼 차림의 일본 경찰들이 안방으로 들이닥쳤다. 그들은 구둣발로 방을 휘젓고 다니며 할머니에게 뭐라고 일본말을 내뱉었다.

"이 사람들 무례하기 짝이 없구먼!"

할머니가 노여운 목소리로 호통을 쳤다.

"식사를 마저 끝내야 하니 밖에 나가서 기다리시오!"

할머니는 순사들을 쏘아보고는 다시 꼿꼿하게 수저를 들었다. 순사들은 코웃음을 쳤지만 할머니의 서슬에 감히 어쩌지는 못하는 눈치였다.

순사 하나가 건넌방 쪽으로 발을 옮겼다. 호아는 헉하고 문구멍에서 눈을 뗐다. 가슴이 마구 방망이질을 쳤다. 어쩔 줄 몰라 두리번거리다가 책상에 놓인 할머니의 비망록에 눈길이

닿았다. 왠지 그것을 그대로 두면 안 될 것 같았다. 호아는 재빨리 비망록을 가슴에 품었다.

순사가 밖에서 문고리를 잡아당겼다. 문이 열리지 않았다. 순사는 더욱 거칠게 문을 잡아당겼다. 문이 덜컹거릴 때마다 호아는 숨이 멎는 것 같았다. 호아는 행랑채로 향하는 바깥문을 열고 소리 없이 방을 빠져나왔다. 그리고 어둠을 타고 잽싸게 행랑으로 숨어들었다.

안에 있던 경수가 불쑥 들어온 호아를 보고 깜짝 놀랐다. 경수는 몹시 불안한 표정으로 안절부절못하고 있었다. 호아는 떨리는 손가락을 입에 가져다 대며 "쉿!"하고 말했다. 그리고 할머니의 비망록을 경수의 교과서 사이에 끼워 넣었다.

그 사이 기어코 건넌방에 쳐들어온 순사는 방 안을 이리저리 둘러보았다. 가구와 물건들을 함부로 들쑤시다가 바닥에 떨어져 있는 수화기를 수상하게 쳐다보았다. 다른 순사가 들어와 서로 무슨 말을 주고받더니 수화기를 휙 잡아 아예 선을 끊어 버렸다.

할머니가 순사들에게 둘러싸여 안채에서 나왔다.

"아이고, 이게 웬 날벼락이야."

아줌마가 털썩 주저앉아 땅바닥을 쳤다.

"내 발로 갈 테니 손대지 마시오!"

할머니는 고개를 빳빳이 들고 순사들을 노려보았다.

"할머니!"

호아가 마당으로 뛰어나와 할머니에게 매달렸다. 경수도 따라 나와 할머니 팔을 붙잡았다.

"괜찮다, 얘들아. 걱정하지 마라."

할머니가 말했다. 호아는 울음이 터져 나왔다. 옆에 있던 순사가 할머니한테서 호아와 경수를 거칠게 떼어 냈다. 호아는 다시 할머니를 붙잡으려고 했다. 그러나 순사가 매몰차게 뿌리치고 할머니를 서둘러 데리고 나갔다.

"집에 있어라. 곧 다녀오마."

할머니는 뒤를 돌아보며 끝까지 태연하게 말했다. 호아는 점점 멀어져 가는 할머니를 바라보면서 울먹였다. 눈물 때문에 앞이 자꾸만 흐려졌다.

다리에 힘이 풀려 호아는 걸음을 떼기도 어려웠다. 흐느낌으로 어깨를 들썩이며 마루에 맥없이 주저앉았다. 먹다 남은 팥죽이 그 옆에서 차갑게 식어 갔다. 이게 다 무슨 일일까?

호아는 쑥대밭이 된 집을 차마 들여다볼 수가 없었다.

　시꺼먼 하늘에 그믐달이 희미하게 떠 있었다. 긴 밤을 지키기엔 너무나 보잘것없는 달이었다. 호아는 살면서 가장 긴 밤을 보냈다. 잔인하도록 긴 밤이었다. 할머니는 그날 밤 돌아오지 않았다.

아무리 무서운 곳이라 해도

날이 부옇게 밝아 왔다. 호아는 무작정 집을 나섰다. 더는 하릴없이 기다리고 있을 수 없었다. 안개가 도시를 감싸고 있었다. 호아는 자옥한 안개 속을 휘적휘적 걸어갔다. 종로 큰길에 들어서자 멀리 시계탑이 어슴푸레 보였다. 시계탑이 우뚝 솟아 있는 건물이 바로 종로 경찰서다.

종로 경찰서는 조선 사람들이 진저리를 치는 곳이다. 예전에 동네에서 누군가 종로 경찰서에 끌려갔다가 반송장이 되어 나왔다는 말을 들은 적이 있다. 그런 곳으로 할머니가 잡혀갔다니……. 호아는 아직도 믿기지 않았다.

시계탑이 점점 가까워졌다. 마침내 붉은색 벽돌로 된 건물 앞에 다다랐다. 호아는 마른침을 삼키며 그 우람한 핏빛 건물을 올려다보았다. 갑자기 몸서리가 났다. 출입문에는 무장한 보초가 말뚝처럼 꼿꼿이 서 있었다. 호아는 도저히 들어갈 엄두가 나지 않았다.

이러지도 저러지도 못하고 있는데, 검은 자동차 한 대가 경찰서 앞에 스르륵 멈추었다. 제복을 입은 남자가 차에서 내렸다. 각진 얼굴에 뻣뻣한 콧수염을 기른 남자였다. 자가용에다 운전수까지 둔 걸 보면 꽤 높은 사람임이 분명했다. 문 앞에서 있던 보초가 총을 세워 들고 경례를 했다.

호아는 얼른 뒷걸음질하여 비켜섰다. 안으로 들어가려던 남자는 문득 몸을 돌려 호아가 있는 쪽을 바라보았다. 호아는 저도 모르게 어깨를 움츠렸다. 남자는 운전수를 불러 뭐라고 지시한 다음 건물 안으로 들어갔다.

'왜 이쪽으로 다가오는 거지?' 호아는 점점 가까이 오는 운전수를 보면서 붙박이처럼 서 있었다.

"어이, 너!"

운전수의 눈길이 호아를 지나쳐 그 뒤쪽으로 향했다. 호아가 뒤를 돌아보니 한 소년이 나무통을 끼고 길가에 앉아 있었다. 구두닦이 소년이었다.

"서장님 방으로 올라가 봐라."

부름을 받은 소년은 굳은 얼굴로 일어나 경찰서로 들어갔다. 잠시 뒤에 소년은 검정 구두 한 켤레를 들고 나왔다. 아까 그 높은 사람, 경찰서장의 구두인 모양이었다. 웅크리고 앉아 구두를 닦기 시작하는 소년에게 호아가 다가갔다.

"저기, 혹시."

호아가 말을 걸자 소년이 고개를 들었다.

"저 안에서 우리 매부리 할머니 아, 아니 미국인 할머니 못 봤어?"

"잘 모르겠는데."

소년은 짧게 대답하고 다시 구둣솔을 바삐 움직였다.

"잘 생각해 봐. 코가 이렇게 삐죽하고 머리는 하얗고⋯⋯."

"글쎄, 모른다니까. 저기 들어가면 얼마나 다리가 후들거리는 줄 알아? 뭘 보고 자시고 할 새가 없다고."

소년의 퉁명스러운 대꾸에 호아는 그만 말문이 막혔다.

"배곯는 동생들만 아니었음 저런 데까지 들어가서 구두를 닦진 않았을 거야."

소년은 목소리를 낮추어 말한 뒤 길게 한숨을 쉬었다. 호아도 옅은 한숨을 내쉬며 그 옆에 주저앉았다. 기운이 쭉 빠지는 느낌이었다.

소년은 맨손으로 구두약을 찍어 구두코에 쓱쓱 문질렀다. 소년의 손이 까맣게 물들었다. 구두에 광이 날수록 소년의 손은 점점 더욱 새까매졌다. 호아는 번쩍번쩍한 구두를 신게 될 서장의 모습이 떠올랐다. 뚜벅뚜벅 차가운 발소리가 들리는 것 같았다. 뚜벅뚜벅 저벅저벅. 지난밤 호아네 집을 마구 짓밟고 간 구둣발 소리가 메아리처럼 겹쳐졌다. 호아의 가슴에 울컥 뜨거운 것이 치밀었다.

호아는 입술을 깨물고 벌떡 일어섰다. 저곳에 가면 다리가 후들거린다고? 아무리 무서운 곳이라 해도 할머니가 없는 세상만큼 무섭진 않을 것이다. 할머니를 볼 수 없는 것, 그거야말로 온몸이 떨리도록 두려운 일이다.

호아는 출입문을 향해 똑바로 걸으려고 애썼다. 보초가 돌처럼 서서 호아를 흘끔 곁눈질했다. 호아는 무릎에 힘을 주고 계속 나아갔다. 건물 안에 들어서자 서늘한 복도가 나타났다. 벽 한쪽에 일장기가 걸려 있고 총독의 초상이 나란히 붙어 있었다. 호아는 두리번거리면서 조심스레 발걸음을 옮겼다.

건물 안에는 여러 방이 있었다. 시꺼먼 제복 차림의 경찰이 방마다 왔다 갔다 하는 게 보였다. 책상에서 사무를 보는 모습, 긴 칼을 꺼내 문질러 닦는 모습, 전화를 끊고 황급히 나서는 모습 등이 어지럽게 스쳐 지났다. 그러나 호아가 기웃거린 방 어디에도 할머니는 보이지 않았다. 호아는 점점 애가 탔다.

복도 끝 구석진 곳에 굳게 닫힌 철문이 보였다. 호아는 발소리를 죽여 천천히 그 앞으로 다가갔다. 비릿한 쇳내가 코끝을 스쳤다. 문가에 기대서서 가만히 귀를 기울이자 안에서 말소리 같은 게 어렴풋이 들려왔다. 호아는 숨죽인 채 귀를 더 바짝 갖다 댔다. 갑자기 안에서 철썩철썩 뭔가를 세게 치는 소리가 들렸다. 고통에 찬 신음이 희미하게 뒤따랐다. 호아는 머리카락이 쭈뼛하고 소름이 돋았다.

"너 뭐야?"

누군가 뒤에서 호아의 댕기 머리를 홱 낚아챘다.

호아가 "아야!" 하고 문에서 떨어졌다.

"뭔데 도둑고양이처럼 기웃대는 거야?"

한 순사가 호아를 노려보면서 말했다. 그는 조선인이었다.

"할, 할머니를 찾으러 왔어요."

호아는 입이 바싹바싹 타들어 갔다.

"할머니? 할머니가 누군데 예서 찾아?"

"메리 부인이요. 미국 사람이에요."

순사의 얼굴빛이 순간 달라졌다.

"넌 누구냐? 그 사람하고 무슨 사이야?"

"저는, 그러니까······."

호아는 우물쭈물 말을 잇지 못했다.

"그분은 우리 할머니예요."

그것 말고는 더 마땅한 설명이 떠오르지 않았다.

순사는 눈을 가늘게 뜨고서 호아를 위아래로 훑어보았다.

"그 미국인은 조사 중이야. 감히 불령선인을 도와 제국을 어지럽히려 들다니. 쯧!"

"불령선인이요?"

호아는 가슴이 철렁했다. 불령선인은 일제의 통치에 따르지 않고 맞서는 조선 사람을 일컫는 말이다.

"그래, 바로 저자들 같은 무리 말이야."

호아는 순사가 고갯짓으로 가리키는 쪽을 바라보았다. 용수를 뒤집어쓴 죄수들이 굵은 오라에 묶여 줄줄이 끌려가고 있었다.

"코쟁이라고 입 꾹 다물고 버티나 본데. 하, 엉큼한 늙은이! 그래 봤자, 다 밝혀질 테지."

순사는 비웃음을 흘리며 싸늘하게 말했다.

호아는 마치 다른 사람의 이야기를 듣는 것 같았다. 할머니는 지금 어디 있을까? 호아는 어질어질하고 식은땀이 났다.

"할머니를 만나게 해 주세요."

"안 돼. 조사 중이라고 했잖아."

"제발 우리 할머니 좀 보게 해 주세요."

호아는 순사에게 두 손을 모아 빌었다. 눈물이 복받쳤다.

"저리 가! 예가 어디라고 생떼야?"

순사는 애원하는 호아를 거칠게 떠밀었다. 호아는 버티려고
애썼으나 결국 경찰서 밖으로 쫓겨나고 말았다. 길바닥에 거
의 내동댕이쳐진 호아를 일으켜 준 건 구두닦이 소년이었다.

"괜찮니?"

호아는 힘없이 고개를 끄덕였다.

"할머니 못 찾았어?"

소년이 어줍게 물었다. 호아는 말없이 눈물만 뚝뚝 떨어뜨
렸다. 소년이 머뭇거리다가 말했다.

"저, 미안하다."

"뭐가?"

"그냥……."

소년은 작게 얼버무렸다. 그리고 다시 앉아서 구두를 닦기
시작했다. 소년의 옆에는 경찰 나리들의 구두가 까맣게 쌓여
있었다.

8

할머니의 비밀

호아는 무거운 발을 이끌고 터덜터덜 집으로 되돌아갔다. 아줌마가 대문 밖으로 나오다가 호아와 마주쳤다.

"어휴, 아주 사달이 났다. 그놈들이 또 왔다 갔어."

호아가 집을 비운 사이에 순사들이 또 들이닥친 모양이다. 지난밤에 어지럽힌 것으로도 모자라 또다시 집을 뒤지고 간 것이다.

"이런 악귀 같은 놈들! 다시는 오지 말라고 이렇게라도 해야지, 원."

아줌마는 대문 기둥에다 뭔가를 쓱쓱 붙였다. 뱀 '사' 자가 쓰인 부적이었다.

"아! 그럼 할머니 책은⋯⋯."

호아는 행랑에 숨겨 둔 책이 퍼뜩 떠올랐다. 후다닥 뛰어들어가 행랑 안을 살펴보았다. 할머니의 비망록이 보이지 않았다. 호아는 가슴이 덜컥 내려앉았다.

'이 책에 내가 사랑하는 조선을 담았단다.'

화롯불 앞에서 이야기하던 할머니의 목소리가 귀에 생생했다. 호아는 마음이 몹시 쓰렸다. 할머니가 기억하고 사랑하는 조선을 몽땅 빼앗긴 느낌이었다. 조선을 빼앗긴 것, 그게 어떤

것인지 호아는 비로소 뼈저리게 느꼈다.

"또 어딜 가니?"

"교회당에 좀 다녀올게요."

호아는 걱정스러운 표정의 아줌마를 뒤로하고 다시 집을 나섰다.

교회당은 동네에서 조금 떨어진 곳에 있었다. 'ㄱ'자 모양의 한옥으로, 앞뜰에는 나무로 엮어 세운 종탑과 커다란 성탄 나무가 나란히 서 있었다. 호아는 성탄 나무 꼭대기에 있는 별 장식을 쳐다보았다. 별처럼 반짝이던 할머니의 푸른 눈동 자가 떠올랐다.

예배실 안에는 아무도 없었다. 긴 널이 죽죽 깔린 마루에 서 걸을 때마다 삐거덕 소리가 났다. 호아는 설교대 앞으로 다가갔다. 마루보다 높게 만든 설교대에는 강대상이 놓여 있 었다. 강대상 정면에 오목하게 새긴 십자가가 보였다.

호아는 십자가를 마주하고 마룻바닥에 꿇어앉았다. 그리고 기도했다. 할머니가 부디 무사하기를, 어서 풀려나 집에 돌아 오기를 간절히 빌었다.

"호아야! 안에 있어?"

밖에서 경수의 목소리가 들렸다.

호아는 기도를 멈추고 뒤를 돌아보았다. 교복 차림에 책보를 둘러맨 경수가 헐레벌떡 예배실 안으로 뛰어 들어왔다. 경수는 다짜고짜 책보를 끄르더니 그 안에 든 걸 호아한테 꺼내 보였다. 호아의 눈이 휘둥그레졌다.

"이걸 네가 가지고 있었어?"

경수의 손에는 할머니의 비망록이 들려 있었다.

"학교 갈 때 챙겨 넣었거든."

"아, 다행이다. 난 또 순사한테 뺏긴 줄 알고."

호아는 안도의 한숨을 내쉬었다.

"근데 여기, 이것 좀 읽어 봐."

경수는 재빨리 책장을 넘겨서 한곳을 펼쳐 보였다.

호아는 건네받은 책을 눈으로 죽 읽기 시작했다. 할머니는 거기에 호아가 처음 듣는 이야기를 꺼내고 있었다.

1911년, 일제가 조선을 집어삼킨 이듬해였다. 줄곧 정동에 머물던 나는 사는 곳을 옮기기로 했다. 나 같은 코쟁이들이 모여 살던 정동은 꽤 안락한 곳이었지만 더는 그곳에 살고 싶지 않았다. 대한제국이 무너진 뒤, 덕수궁을 지날 때마다 돌담 너머 시름에 젖은 황제의 한숨 소리가 들리는 것만 같았다. 이웃집에 이사 온 일본인은 어찌나 거들먹거리는지, 그자가 궁을 제집 드나들 듯하며 황실을 감시하는 꼴도 영 보기가 싫었다. 하지만 내가 집을 옮기려는 건 비단 그러한 이유 때문만은 아니었다. 나는 조선 사람들이 사는 마을로 더 깊숙이 들어가 살고 싶었다.

"북촌? 거기는 깜깜하고 낡은 곳 아닙니까? 살기 불편할 텐데요."

서양에서 온 동료 선교사가 고개를 갸우뚱하며 나를 말렸다.

"지금보다 마음이 불편하진 않겠죠. 더 늦기 전에 조선 사람들 속에서 그들처럼 살고 싶어요."

나는 뜻을 굽히지 않았다. 하긴 호화로운 저택에서 조선 사람 대여섯을 하인으로 부리고 사는 그가 어찌 내 마음을 알겠는가? 그가 지은 별장 주변에는 다 쓰러져 가는 오두막이 띄엄띄엄 웅크리고 있었다. 가난하고 고통 받는 조선인들 사이에서 백만장자처럼 살고 있는 선교사. 나는 고개를 절레절레 흔들었다.

북촌으로 집을 옮기면서 나는 옷차림도 조선 여인네처럼 바꾸었다. 흰색 옥양목으로 된 치마저고리를 입고 다녔다. 동네 사람들이 호기심에 찬 눈길을 보내면, 나는 얼른 조선말로 인사를 건넸다. 처음엔 다들 깜짝깜짝 놀라다가 이내 꾸밈없는 웃음으로 반겨 주었다.

그해 겨울 몹시 추운 어느 날이었다. 나는 청계천을 지나고 있었다. 개울 바닥이 말라붙은 채 꽁꽁 얼어 있었다. 다리를 건너던 나는 무심코 아래를 내려다보다가 웬 움막집 하나를 발견했다. 비바람이나 겨우 가릴 법한 초라한 모습으로 둑 아래 위태롭게 서 있는 것이었다.

움막집을 덮은 거적 귀퉁이가 열리더니 그 안에서 한 여인이 나왔다. 앳된 얼굴이었는데 낯빛이 몹시 파리했다. 여인은 움막 앞에 땐 장작불을 살폈다. 불이 곧 사그라질 것 같았다. 나는 축대 아래로 내려가 여인한테 다가갔다.

"내가 좀 도울까요?"

여인은 불만 지피고 있을 뿐 아무런 반응이 없었다. 좀
더 다가가자 그제야 놀란 듯이 고개를 들고 날 쳐다보았다.
가까이서 보니 여인의 얼굴은 더욱 초췌했다.

"여기에 살아요? 다른 가족은요?"

여인은 대답 없이 당혹스러운 표정을 지었다. 긴장한 듯
뒤로 물러서서 날 빤히 쳐다보는 것이었다. 여인은 한 손으
로 자기 배를 감싸고 있었다.

"무슨 일이시오?"

뒤에서 갑자기 웬 남자 목소리가 들렸다.

"아내한테 무슨 볼일이시오?"

젊은 남자가 성큼성큼 다가와 여인의 앞을 가로막으며
물었다. 그는 내가 서양 사람인 걸 보고 놀라는 눈치였다.

"나는 선교사예요. 내가 도울 일이 있나요?"

남자는 멈칫하더니 고개를 돌려 아내를 바라보았다. 그
리고 손짓과 더불어 입 모양을 크게 하면서 아내에게 소리
없이 말했다. 여인도 남자를 마주 보고 손짓을 했다.

"우리는 다 잃고 여기까지 왔어요."

남자가 땅이 꺼질 듯이 한숨을 쉬었다. 힘겹게 타들어 가는 장작불 위로 매서운 바람이 지나갔다.

"제 이름은 의섭입니다. 아내는 연홍이구요. 저희는 한마을에서 자라 어릴 때부터 오누이처럼 참 친했어요. 둘 다 전쟁과 역병으로 부모님을 잃었지요. 어머니를 앗아간 그 역병이 아내의 귀를 멀게 만들었고요. 저희는 의지할 데라곤 서로 둘뿐이었어요. 이제 혼인해서 자그마한 논밭이나마 하루하루 일구며 살고 있었는데……. 그놈들, 왜놈들 말이에요. 그놈들이 마을에 나타난 겁니다. 여기저기 헤집으면서 멋대로 땅을 재고 다니더니 논밭을 몽땅 빼앗아 가지 뭡니까? 이제 총독부가 새로운 땅 주인이라나. 허, 어처구니가 없었죠. 그렇게 마을 사람들 땅을 야금야금 다 뺏어 가니 사람들이 짐을 꾸려서 떠날 수밖에요. 멀리 북쪽에 있는 만주 땅으로 갈 거라고들 하더군요. 저희는 당장 그렇게 먼 곳으로 떠날 수가 없었어요. 아내가 아이를 가졌거든요. 보시다시피 아내는 몸이 썩 좋지 못해요. 이런 몸으로 얼마나 걸릴지도 모르는 고생길을 무작정 떠날 순 없잖아요. 그래서 일단 서울로 왔습니다. 서울서 날품팔이라도 하면 두

입 풀칠은 하겠거니 해서…… 아니, 이제는 세 입이죠? 배 속의 아이까지."

의섭의 얼굴에 잠깐 희미한 미소가 떠올랐다.

"한데, 서울살이도 그렇게 만만치는 않군요."

의섭은 다 타버린 장작을 발끝으로 툭툭 건드렸다. 새카만 장작개비에서 재가 부스스 떨어졌다.

그의 이야기를 들은 나는 문득 좋은 생각이 떠올랐다.

"내 집으로 갑시다. 이런 데서 겨울을 날 수는 없어요. 더구나 곧 아이도 태어날 텐데."

의섭이 놀란 눈으로 나를 쳐다보았다. 나는 연홍의 지치고 창백한 얼굴을 건너다보았다.

"행랑에 머물면 돼요. 크지는 않지만 두 사람 살기엔 충분할 거예요."

젊은 부부는 그날로 내 집에서 함께 살게 되었다.

이듬해 봄이었다. 나는 북촌 집에서 좀 떨어진 곳에 새로 집을 한 채 짓고 있었다. 'ㄱ'자 모양의 한옥이었는데 교회당으로 쓸 집이었다. 의섭은 자기 일처럼 나서서 집 짓는 일에 열심이었다. 목수들과 함께 나무를 다듬고, 흙과 돌을 져

나르며 구슬땀을 흘렸다.

마룻대를 올리는 상량식 날, 나는 의섭에게 상량문을 써 보라고 제안했다.

"제가요?"

"이 집에 어울릴 만한 글을 생각해 보게. 옳지, 한글로 쓰면 더 좋겠군. 누구나 쉽게 읽을 수 있을 테니."

의섭은 곰곰이 생각하다가 붓을 들었다. 평평하게 다듬은 마룻대에 먹물을 찍은 붓으로 한 자 한 자 침착하게 써 내려갔다.

신께서 너의 출입을 지금부터 영원까지 지키시리라. [7]

여름이 오기 전에 교회당이 다 지어졌다. 그 무렵, 연홍이 아이를 낳았다. 딸아이였다. 아이는 태어나자마자 아주 우렁차게 울었다. 연홍은 땀에 젖은 얼굴로 아이를 품에 안았다. 기진맥진하였으나 더없이 기뻐하는 모습이었다. 의섭은 아이의 울음소리를 듣지 못하는 아내에게 손짓과 입 모양으로 말을 전했다.

"호랑이처럼 우렁찬 소리네."

연홍이 누운 채로 입술을 달싹였다.

---

7) 성경의 시편 121장 8절 말씀.

"호—아……, 호—아—이."

"그래, 조선 호랑이같이 씩씩하게 자랄 모양이야."

아비의 말을 알아듣기라도 하듯이 아이가 더욱 힘차게 울어 젖혔다. 연홍은 아이를 보듬으며 다시금 떨리는 목소리로 "호—아." 하고 말했다. 연홍의 눈가에 맑은 이슬이 맺혔다.

그렇게 호아라고 불리게 된 갓난아이는 나한테도 큰 기쁨이 되어 주었다. 이제 막 옹알이를 시작한 호아에게 나는 수시로 눈을 맞추면서 말했다.

"오냐오냐, 할미다. 어서 '할머니' 해 보시게."

호아는 뭐가 그리 좋은지 방긋방긋 잘도 웃었다.

그러나 얼마 지나지 않아 호아는 엄마를 잃고 말았다. 연홍이 시름시름 앓다가 그만 숨을 거둔 것이다.

"아이고 여보, 불쌍한 사람아 죽지 마오. 나를 두고 어찌 가시오? 우리 호아는 어쩌고 떠난단 말이오?"

의섭은 아이를 끌어안고 애달피 울었다. 밤마다 귀뚜라미도 문밖에서 구슬피 울었다.

다시 겨울이 찾아왔다. 한동안 시름에 잠겨 있던 의섭이 어느 날 교회당에 나와서 이렇게 말했다.

"여태껏 도움만 받고 살아왔는데, 이제 어떻게든 쓸모 있는 사람이 되려고요. 죽은 아내 몫까지 열심히 살아갈 겁니다. 호아한테 부끄럽지 않은 아비가 될 거예요."

나는 그의 손을 붙잡고 고개를 끄덕였다.

"야학을 열어 볼 생각이에요. 여기 교회당에서요."

그렇게 교회당은 야학 장소로도 쓰이게 되었다.

교회당 종탑 너머로 해가 일찌감치 저물면 의섭이 종탑 아래로 다가가 줄을 잡아당겼다. 뎅그렁 뎅그렁, 야학을 알리는 종소리가 울려 퍼지고, 아이들이 하나둘 교회당에 모여들었다. 누구든지 배우고 싶은 사람은 와서 공부할 수 있었다. 대부분 가난해서 학교에 못 다니거나 일찍부터 돈벌이에 나서야 했던 아이들이었다. 의섭은 아이들에게 한글을 가르쳐 주고, 조선의 역사도 가르쳐 주었다. 배움에 목말라 있던 아이들은 깊은 밤까지 눈을 빛내며 열심이었다.

하늘이 흐릿하게 내려앉은 어느 날이었다. 나는 호아를 품에 안고서 내내 어르고 달래고 있었다. 그날따라 웬일인지 호아는 좀처럼 울음을 그치지 않았다.

"얘야, 어찌 이리 우느냐? 아비가 보고 싶어 그러누?"

의섭이 야학을 마치고 돌아오려면 아직 한참 더 기다려야 했다. 나는 방문을 빼꼼 열고 밖을 내다보았다. 성긴 눈발이 어스름 속에서 희끗희끗 날리고 있었다.

"베리 부인! 베리 부인, 안에 계세요?"

누군가 대문을 두드리며 다급하게 나를 찾았다. 나가서 문을 열자 한 소년이 코가 빨개진 채로 발을 동동거리고 있었다.

"큰일 났어요. 선생님이⋯⋯."

소년은 야학을 하는 학생이었다. 울먹거리면서 전하는 소년의 이야기를 듣고 나는 숨이 턱 막히는 것 같았다.

"순사가 너희 선생님을 끌고 갔단 말이냐?"

소년이 고개를 끄덕였다.

"우리가 배우는 교재도 다 뺏어서 태워 버렸어요. 선생님은 계속 순사한테 맞서다가⋯⋯."

소년은 꾹꾹거리며 울기 시작했다. 수업 중에 들이닥친 순사에게 거세게 항의하던 의섭은 그 자리에서 심한 매질까지 당했다고 했다. 언젠가는 일어나고야 말 사달이었다.

그들이 조선인의 야학을 가만히 두고 볼 리가 없었다. 조선의 말과 글, 역사를 배우는 건 조선인의 뿌리를 찾는 것이나 다름없으니까.

굵어진 눈발 사이로 소년의 뒷모습이 멀어져 갔다. 울다 지친 호아는 내 품에 안긴 채 숨을 깔딱거리며 축 늘어져 있었다. 쌓이는 눈 위로 밤은 점점 깊어지고, 나는 속이 새까맣게 타들어 갔다. 당장이라도 의섭이 끌려간 순사 주재소에 찾아가고 싶은 심정이었다.

자정이 지났을 무렵, 바깥에서 인기척이 들렸다.

"저예요, 어르신. 저 왔습니다."

의섭의 목소리였다. 나는 깜짝 놀라 얼른 방문을 열었다. 의섭이 거친 숨을 몰아쉬며 방 안으로 냉큼 들어섰다. 남포등 불빛에 비친 그의 모습은 영 말이 아니었다. 맨발로 눈밭을 헤치고 왔는지 발이 얼어서 부르트고, 퉁퉁 부은 얼굴은 핏자국과 멍으로 얼룩져 있었다.

"자네, 이게 어찌 된 건가? 꼴이 이게 무어야?"

"주재소에서 도망쳐 나왔어요."

의섭의 눈길이 방 한 구석에 곤히 잠든 호아한테 향했다.

"저 애를 남겨 두고 그놈들 손에 개죽음 당할 수는 없었어요."

의섭은 입술을 꽉 깨물고 내 쪽으로 고개를 돌렸다.

"놈들이 여기로 쫓아올지 모릅니다. 당분간 다른 곳으로 몸을 피해야겠어요."

"어디로 갈 작정인가?"

의섭은 고개를 가로젓더니 내 손을 꼭 부여잡고 말했다.

"어떻게든 살아남아서 꼭 돌아올게요. 그러니 이제부터 저를 모르는 사람으로, 아예 없는 사람으로 만들어 주세요."

"그게 무슨 말인가?"

"그놈들이 어르신을 가만두지 않을 겁니다. 놈들한테서 어르신과 호아를 지키는 길은 이것뿐이에요."

의섭은 행랑으로 잽싸게 뛰어가 흰옷을 겹쳐 입고 나왔다. 그리고 눈 쌓인 마당에 엎드려 큰절을 했다.

"호아를 부탁합니다. 그리고 죄송합니다."

나는 주머니를 탈탈 털어서 있는 돈을 몽땅 챙겨 주었다.

"부디 몸조심하게. 기다리겠네."

담장 너머 골목 저 끝에서부터 보득보득 눈 밟는 소리가 들려왔다. 인적이 뜸한 한밤중이라 소리는 더욱 또렷하게 들렸다. 보드득보드득 뽀득뽀득. 한 사람이 아닌 듯했다. 흰 눈을 마구 짓밟으며 발자국들이 점점 집 쪽으로 다가오고 있었다.

의섭이 뒤꼍을 돌아 빠져나가려고 했다. 다가오던 발자국 소리가 점점 더 빨라졌다.

"저기다!"

무장한 경찰들이 의섭의 뒤를 쫓았다. 하염없는 눈발 사이로 의섭은 달리고 또 달렸다.

탕!

멀리서 총소리가 들렸다. 가슴이 철렁 내려앉았다.

탕탕! 또다시 총소리가 울렸다. 나는 그날 밤을 하얗게 지새웠다.

조선 호랑이처럼

호아는 눈으로 뒤덮인 산속을 걷고 있었다. 눈 위에 찍힌 커다란 발자국을 따라가는 중이었다. 발자국 위로 새빨간 피가 점점이 번져 있었다. 호아는 가슴이 울렁거렸지만 걸음을 멈추지 않았다. 그 발자국은 사람의 것이 아니었다. 둥글게 움푹움푹 팬 그것은 호랑이 발자국이었다.

고개를 들자 눈앞에 호랑이 한 마리가 나타났다. 호랑이는 눈 속에 엎드린 채로 다리에 피를 흘리고 있었다. 몹시 지친 듯이 숨을 헐떡거리면서도 눈으로는 강렬한 기운을 뿜어냈다. 호아는 호랑이 앞으로 천천히 다가갔다. 한 발 한 발, 호랑이의 얼굴이 점점 가까워졌다. 호아는 조심스럽게 손을 뻗었다. 호랑이의 이마에 손이 막 닿으려는 순간이었다.

"호아야! 할머니 오셨어."

호아가 눈을 번쩍 떴다. 건넌방 책상에 엎드려 깜빡 잠이 들었던 모양이다. 책상 위에는 할머니의 비망록이 놓여 있었다.

방문을 열자 할머니의 모습이 보였다. 호아는 할머니의 품에 와락 달려들었다.

"오냐, 우리 호아가 많이 걱정했구나."

할머니가 호아를 꼭 끌어안고 다독였다. 경찰서에서 막 풀려난 할머니는 그새 많이 수척해진 것 같았다.

"할머니 왜 진작 알려 주지 않으셨어요?"

호아가 눈물범벅이 된 얼굴로 물었다.

"아저씨가 제 아버지라고 말예요."

할머니는 말없이 호아의 눈물을 닦아 줄 뿐이었다.

따사로운 봄날에 북을 동동 치면서 찾아왔던 그가 바로 호아의 아버지였다. 흰옷을 입고 눈 속으로 사라진 뒤 꼭 십 년 만이었다.

총알이 박힌 다리로 서울을 떠나 국경을 넘기까지 그는 죽을 고비를 숱하게 넘겼다. 천신만고 끝에 닿은 중국 땅에서 그는 본격적으로 독립운동에 뛰어들었다. 하루라도 빨리 조국을 되찾기 위해 할 수 있는 모든 것을 해야만 했다. 그것이 서울에 두고 온 어린 딸에게 부끄럽지 않은 길이라고 생각했다. 만주와 상하이 등지를 오가며 그는 동지들을 만났다. 항일 비밀단체를 조직하고, 독립운동 자금을 모으기 위해 열심히 뛰어다녔다. 그러다 일제에 발각되어 타지에서 감옥살이까지 했다. 그렇게 갖은 고생을 하는 동안 십 년이란 세월이 훌쩍 가 버렸다.

위험을 무릅쓰고 서울에 온 그는 동동 구리무 장수로 변장했다. 화장품을 덕지덕지 발라 얼굴을 가렸다. 일본 경찰의 눈을 피해 비밀 연락망을 만들고, 독립군에게 보낼 군자금을 마련해야 했다. 그리고 또 하나, 오래 전에 할머니에게 한 약속을 지켜야 했다. 살아서 꼭 돌아오겠다는 약속 말이다.

"아직은 호아한테 아비로 나설 수가 없어요."

할머니와 마주 앉은 그가 말했다. 그는 서울에 오래 머물 수도 없다고 했다.

"아내가 어릴 때 하던 거예요. 못난 아비라서 이것밖에 줄 게 없군요."

그는 품에서 빨간 댕기를 꺼내 할머니에게 건넸다.

그날 이후 그는 할머니 집에 이따금 전화를 걸었다. 호아의 목소리를 듣는 한편, 다른 항일 조직원들과 연락을 주고받기 위해서였다. 그는 전화로 군자금에 관련한 중요한 내용을 비밀스럽게 전했다. 다른 조직원도 할머니에게 전화를 하거나 때때로 변장을 하고 직접 찾아오기도 했다. 할머니 집 '전 서방'은 비밀 연락망의 중심에 있었다.

순사가 집에 들이닥치기 며칠 전, 할머니는 호아 아버지한 테서 전화를 받았다. 돌아오는 동짓날에 찾아오겠다는 거였 다. 그리고 가능하다면 성탄일까지 죽 머물고 싶다고 했다.

"호아랑 시간을 보내면서 제 얘기를 들려주고 싶어요."

할머니는 그가 드디어 결심했다는 걸 알았다. 호아한테 자 신이 누군지 밝히려는 것이었다. 할머니는 다시 가족으로 만 나게 될 두 사람을 위해 선물을 준비했다. 두 사람에 관한 할 머니의 기억을 고스란히 전해 주기로 한 것이다.

"고맙다. 이 책을 지켜 줘서."

호아가 내민 비망록을 보고 할머니가 말했다.

"제가 감사해요. 할머니는 저를 늘 지켜 주셨잖아요."

호아의 목에 뜨거운 것이 울컥했다.

"본디 너에게 주려고 한 것이니 잘 간직하려무나."

호아는 책을 품에 끌어안고 고개를 깊이 끄덕거렸다.

국외 추방. 일제가 할머니에게 내린 명령이었다. 식민지 질 서를 어지럽힌 불순한 외국인, 그게 할머니라는 거였다. 할머 니는 조선 땅에서 당장 떠나야 했다.

"할머니 집은 여기라고요. 도대체 어디로 가라는 말예요?"

호아는 눈앞이 캄캄했다. 할머니가 없는 삶은 생각조차 하고 싶지 않았다. 호아를 비롯한 가족 모두는 너무나 가혹한 크리스마스를 보내야 했다.

"나는 아무 것도 후회하지 않는다. 다만 사랑하는 가족을 두고 떠나야 한다는 게 애통하고 미안할 뿐이구나."

할머니는 십 년도 더 된 빛바랜 치마저고리를 입고 먼 길을 나섰다. 짐도 별로 없었다. 가진 것 대부분을 사람들에게 나누어 주었기 때문이다. 할머니는 거의 빈손이나 다름없었다. 하지만 조선에서 살아온 삼십 년이란 세월이 걸음걸음 매달려 할머니의 발길을 무겁게 했다.

"저도 데려가요, 할머니! 나도 따라갈래요."

호아가 기어이 할머니의 치맛자락을 붙잡고 울며불며 매달렸다. 할머니는 호아의 들썩이는 어깨를 두 손으로 지그시 잡고 말했다.

"할미는 꼭 돌아올 거야. 살아서 아니, 죽어서라도 꼭 다시 올 거다. 호아야, 네가 누군지 항상 기억하렴. 부디 잘 지내야 한다. 조선 호랑이처럼 씩씩하게 말이야."

호아는 걷잡을 수 없는 울음 때문에 말을 잇지 못했다. 할머니는 호아를 오래도록 꼭 껴안았다.

"사랑합니다, 우리 호아."

할머니가 강제로 추방당한 뒤에 호아는 살던 집에서마저 쫓겨났다. 경수와 아줌마도 마찬가지였다. 할머니의 집이 총독부 손에 넘어간 것이다. 총독부는 집을 헐고 그 자리에 파출소를 세울 작정이었다. 졸지에 집을 잃은 세 사람은 당분간 교회당에 머물 수밖에 없었다.

성탄일이 지나고 며칠이 흘렀지만 교회당 앞뜰의 나무엔 여전히 색색의 장식물이 걸려 있었다. 호아는 아버지에게 선물하려던 지팡이를 들고 나무 앞에 섰다. 전에는 멋지고 근사해 보이던 성탄 나무가 이젠 어쩐지 처량하고 쓸쓸해 보였다. 호아는 나무 옆의 종탑을 올려다보았다. 종탑 위에서 아래로 길게 줄이 내려와 있었다. 지팡이를 종탑 한 귀퉁이에 세워 놓고 호아는 손때 묻은 긴 줄을 잡아당겨 보았다.

뎅그렁!

종이 울렸다. 할머니도 아버지도 이렇게 줄을 당겨 종을 쳤을 것이다.

뎅그렁!

칼바람 때문인지 코끝이 찡하게 아렸다.

예배실에서 풍금 소리가 흘러나왔다. 안으로 들어가 보니 경수가 낡은 풍금 앞에 앉아 있었다.

"아, 잘 안 된다. 네가 쳐 볼래? 그 노래 있잖아."

경수는 한 손으로 어떤 가락을 띄엄띄엄 연주했다. 라디오 시험 방송 때 같이 들었던 노래 〈반달〉이었다. 호아는 경수가 일어난 자리에 앉아 풍금을 치기 시작했다. 경수가 옆에 서서 눈을 감았다.

은하수를 건—너서 구름 나라로
구름 나라 지—나선 어디로 가나.
멀리서 반짝반짝 비치—는 건
샛별이 등대란다 길—을 찾아라.

풍금을 듣고 있던 경수는 곡조에 맞춰서 노래를 불렀다. 풍금을 다 연주한 호아가 놀란 표정으로 경수를 보았다.

"못 들어 줄 만큼은 아니지?"

경수가 멋쩍어하며 물었다.

"경수 너 노래 잘하는구나. 처음 들어 본 것 같아."

경수는 머리를 긁적이며 웃어 보였다. 내내 울적해 있는 호아를 위한 경수의 선물이었다.

"경수야, 나 진짜 고아가 된 것 같아."

"무슨 소리야? 네가 왜 고아냐?"

"할머니가 곁에 안 계시니까 그래. 할머닌 지금 어디쯤 가고 계실까?"

호아는 하얀 배를 타고 밤하늘처럼 검푸른 바다를 건너는 할머니의 모습을 상상했다.

"깜깜한 하늘에서 길을 잃은 외톨이별이 된 기분이야."

"너 외톨이 아니야. 이 오라버니가 있잖아. 그리고 너의 아버지도 찾아서 만나면 되지."

"어떻게 찾아? 어디 계신지도 모르고, 아버지 얼굴조차 제대로 본 적 없는걸."

경수는 무슨 말을 해야 할지 몰랐다.

"집도 없어지고, 이젠 아버지랑 전화도 할 수 없어."

호아는 마룻바닥에 앉아 양 무릎 위에 얼굴을 묻었다.

경수가 곰곰이 생각한 뒤에 말을 꺼냈다.

"너, 아버지 목소리는 알잖아."

호아가 고개를 들었다.

"목소리?"

"어쩌면 목소리로 너의 아버지를 찾을 수 있을지도 몰라."

"정말 그럴까?"

호아는 그 말을 믿고 싶었다. 경수의 얼굴은 어느 때보다도 진지해 보였다. 그런 경수를 바라보면서 호아는 자신이 외톨이가 아니라는 걸 깨달았다.

그날 밤 호아는 잠자리에 누워 지난번 꿈에서 본 호랑이를 생각했다. 외로운 그 호랑이를 다시 만나서 다친 다리를 낫게 하고 싶었다. 늠름하게 일어선 호랑이의 우렁찬 울음소리를 듣고 싶었다. 그 소리가 조선 땅 곳곳에 쩌렁쩌렁 울려 퍼지는 걸 꿈꾸며 호아는 스르르 잠이 들었다.

말하는 기계

"모시모시, 하이, 난방?"[8]

호아는 전화국 교환대 앞에 앉아 아침부터 줄곧 이 말을 하고 있었다. 두 손은 전화 교환기 위에서 끊임없이 움직이고, 등줄기에선 땀이 주르르 흘러내렸다.

호아는 열네 살이 되고 나서 전화국에 일자리를 구했다. 경수가 말한 대로 아버지의 목소리를 찾기 위해 전화 교환수가 된 것이다.

교환수가 되려면 무엇보다도 일본어를 할 줄 알아야 했다. 교환수는 일할 때 일본말을 써야 하기 때문이다. 호아는 경수의 도움을 받아 일본어를 공부했다. 좋은 목소리와 예민한 청각도 교환수가 되기 위한 조건이었다. 교환대 앞에 앉으려면 키도 어느 정도 이상이 되어야 했다. 교환수를 뽑는 시험 중엔 기억력이 얼마나 좋은지, 동작이 얼마나 재빠른지를 알아보는 것도 있었다.

그러한 모든 시험을 거쳐서 호아는 전화 교환수가 되었다. 누구든 전화를 걸면 일단 전화 교환수한테 연결된다. 교환수

---

8) "여보세요, 네, 몇 번이세요?"라는 뜻의 일본말.

가 전화번호를 듣고 상대편에게 연결해 주어야 통화를 할 수 있다. 호아는 교환대 앞에 앉아서 어쩌면 전화를 거는 아버지의 목소리를 듣게 될지도 모른다고 생각했다. 일말의 가능성이라도 호아한테는 소중한 것이었다. 만약 아버지의 전화를 받는다면 목소리를 단박에 알아들을 수 있다고 자신했다. 그런 행운이 찾아오기만 한다면 말이다.

"거기, 딴생각하지 말랬잖아!"

감독의 꾸지람이 떨어졌다. 교환대에 나란히 앉아 일하던 소녀들이 저도 모르게 어깨를 움츠렸다.

감독은 교환수를 관리하고 단속하는 남자로, 늘 팔짱을 끼고서 교환대 주변을 어슬렁거렸다. 교환수가 조금이라도 딴 데를 보거나 한숨을 들일라치면 득달같이 달려와 주의를 주었다. 그의 입에선 툭 하면 "빠가!" 소리가 튀어나왔다. 그는 일명 '쪽째비'라고도 불렸는데, 교환수들을 감시하느라 늘 눈을 쪽 찢고 째려보았기 때문이다.

'우리가 무슨 기곈 줄 아나?'

호아는 속으로 투덜거렸다. 어떨 땐 정말이지 말하는 기계가 된 것 같기도 했다. 꼼짝없이 앉아서 손을 바삐 움직이며 똑같은 말을 반복하고 있으니 말이다.

"하이, 난방?"

호아는 계속해서 전화를 받았다.

"……."

"모시모시?"

전화를 건 쪽에서 아무 말이 없었다. 호아가 다시 "모시모시?" 하고 묻자 그제야 전화 건 사람이 조심스럽게 입을 열었다.

"여, 여보세요?"

아직 앳된 목소리의 여자아이였다.

"저, 저는 일본말 몰라요."

여자아이는 잔뜩 주눅이 들어 있었다. 호아는 감독의 눈치를 살피며 목소리를 낮추어 말했다.

"괜찮아. 그럼 조선말로 얘기해."

"조선 사람이에요? 후유, 저 좀 도와주세요."

"무슨 일이니?"

"동생이 많이 아파요. 우리 아버지한테 전화 좀 대 주세요."

여자아이는 길가에 있는 자동전화실[9]에서 전화하고 있었다.

"먼저 거기 구멍에다 동전을 넣고, 나한테 번호를 불러 줘."

"저, 돈이 한 푼도 없어요. 전화를 대 주시면 아버지한테 얘기해서 나중에 돈은 꼭 갚을게요, 예?"

"돈을 넣어야 전화를 연결해 줄 수 있어."

호아는 난감했다. 전화기 너머 아기 우는 소리가 들려왔다. 여자아이는 아기를 업고 나온 모양이었다.

"제발요. 동생이 자꾸 울어요. 아버지는 일본 사람이 하는 큰 가게에서 일해요. 그 가게에 전화가 있댔어요."

아기의 자지러지는 울음소리가 점점 더 커졌다. 호아는 잠시 망설이다가 물었다.

"전화번호는 알고 있니?"

그때 쪽째비 감독이 호아를 노려보면서 다가왔다.

"너 뭐하는 거야?"

호아는 굳은 얼굴로 쪽째비 감독을 돌아보았다.

"아까부터 너, 조선말로 수군수군하고 있잖아!"

"아이가 사정이 딱해서요. 아버지를 찾는대서……."

"빠가!"

---

9) 오늘날 공중전화 부스. 자동전화기의 수화기를 들면 교환수가 나오고, 교환수는 동전 투입구에 동전이 떨어지는 소리를 듣고 나서 전화를 연결해 주었다.

별안간 뜨거운 느낌이 번쩍하더니 호아의 눈앞이 캄캄해졌다. 감독이 호아의 뺨을 철썩 내리친 것이다. 다른 교환수들이 일손을 멈추고 일제히 호아에게로 고개를 돌렸다.

"여기가 그렇게 한가한 줄 알아?"

감독이 쪽 찢어진 눈으로 호아를 쏘아보며 소리쳤다.

"한심한 조센징!"

호아는 벌겋게 부어오르는 뺨을 감싸 쥐고 감독을 원망스레 쳐다보았다.

"너희는 뭘 보고 있어? 빨리 일해! 다들 쫓겨나고 싶어?"

감독의 으름장에 교환수들이 움찔하고는 재빨리 자기 일로 돌아갔다. 입술을 꼭 깨물며 눈물을 참고 있는 호아에게 감독이 말했다.

"곧 손님들이 찾아올 테니까 똑바로 하고 있어!"

호아는 교환대에 다가앉아 마음을 가다듬으려고 애썼다. 아프다던 아기의 맹렬한 울음소리가 귓가에 맴돌았다.

전화국에 찾아온 손님은 '부인견학단'이었다. 집 안에만 갇혀 지내던 부인들이 신문사의 후원으로 근대시설을 견학하러 온 것이다. 부인견학단은 전기회사와 발전소 등도 견학한

바 있었다.

"여러분, 여기가 바로 전화국입니다. 전화국이 생기기 전에는 경성우편국에서 전화 관련 업무를 맡아보고 있었습니다."

견학단을 이끌고 온 기자가 부인들에게 설명했다. 기자는 흰 저고리와 검정 통치마를 입은 젊은 여성이었다. 그는 활달한 태도와 올찬 목소리로 부인들을 안내하고 다녔다. 부인들은 기자의 설명을 들으며 전화 교환시설을 신기한 듯이 둘러보았다.

기자의 눈에 일하는 교환수들의 모습이 보였다. 기자는 가까이에 서 있던 쪽째비 감독에게 물었다.

"교환수는 쉬는 시간이 언제입니까? 간단하게 몇 가지 묻고 싶은데요."

쪽째비 감독이 한쪽 눈썹을 꿈틀거렸다.

"뭐가 궁금하시죠? 교환수에 관한 거라면 제가 다 압니다. 저한테 물어보세요."

"음, 그런가요? 하지만 저는 교환수와 직접 얘기를 나누고 싶습니다."

기자가 또박또박 말했다. 쪽째비 감독이 미간을 살짝 찌푸렸다.

"저기 빨간 댕기를 한 소녀가 가장 어려 보이는군요."

기자는 당황한 빛이 역력한 감독을 지나쳐 호아에게 성큼 성큼 다가갔다.

"잠깐 이야기할 수 있을까요?"

호아가 놀란 표정으로 기자를 쳐다보았다.

"교환수로 일하는 게 어떤지 듣고 싶어서 그래요. 우리 견학단 부인들한테 이야기 좀 해 줄래요?"

호아는 기자의 손에 이끌려 부인들 앞에 섰다. 얼떨떨했지만 싫지 않았다.

"호아 양, 전화 교환수로 일한 지는 얼마나 되었나요?"

기자가 물었다.

"늦봄에 시작해서 반년이 채 못 되었어요."

"왜 교환수가 되기로 했나요?"

"꼭 찾고 싶은 사람이 있어서요."

"그게 누구죠?"

호아는 쪽째비 감독이 있는 쪽을 흘긋 쳐다보았다. 감독이 저만치에서 팔짱을 낀 채 이쪽을 매서운 눈초리로 지켜보고 있었다.

"저와 만나기로 약속된 사람이에요."

호아가 대답했다. 기자는 고개를 갸웃하고 다시 물었다.

"교환수가 돼서 어떻게 그 사람을 찾는다는 거죠?"

기자가 호아의 눈을 빤히 들여다보았다. 견학단 부인들도 궁금한 표정으로 호아에게 귀를 기울였다.

"심청이도 자기 아버지를 결국 찾았잖아요."

호아의 뜬금없는 답변에 기자와 부인들 모두 어리둥절한 표정이었다.

"음, 알쏭달쏭하군요. 다른 걸 물어볼게요. 일하면서 힘든 점은 무엇인가요?"

"전화가 많이 몰릴 때 오래 기다리던 손님들이 저희한테 화를 내거나 욕설을 해요. 저희가 얼마나 바쁘게 애쓰고 있는지 모르고서 말예요. 또 실없이 전화해서 교환수를 희롱하는 사람도 있고요. 그리고 일하는 자리에서도……."

호아는 잠깐 말을 멈추고 쪽째비 감독에게 시선을 던졌다.

"일하는 자리에서 또 뭐죠?"

기자가 날카로운 눈빛으로 다시 물었다. 쪽째비 감독이 큼

큼 헛기침을 하더니 호아의 말을 가로막고 나섰다.

"자, 이제 질문은 그만하시고 교환수는 자리로 가서……."

"우리는……."

호아가 불쑥 말했다. 목소리가 조금 떨렸다.

"우리는 말하는 기계가 아니에요!"

호아는 쪽째비 감독을 똑바로 쳐다보며 힘주어 말했다. 쪽째비 감독의 양 눈썹이 기다란 벌레처럼 꿈틀거렸다.

"우리를 기계나 인형처럼 함부로 대하는 것이 힘들어요. 사람으로, 사람답게 대해 줬으면 좋겠어요."

호아를 바라보던 수많은 눈이 이제는 한꺼번에 쪽째비 감독한테로 쏠렸다. 쪽째비 감독은 입술을 일그러뜨리며 호아를 노려보았다. 그러고는 사람들의 따가운 시선을 피해 주춤주춤 다른 곳으로 물러났다.

부인견학단이 돌아가고 난 뒤, 호아는 다시 교환대 앞에 앉았다. 속이 후련하기도 하고 뒤숭숭하기도 했다. 쪽째비 감독이 슬그머니 다시 나타났다. 감독은 호아한테 천천히 다가와서 허리를 숙이더니 호아의 귀에 대고 이렇게 말했다.

"네가 말하는 '사람' 같은 건 나한테 필요 없어. 넌 해고야."

아버지를 찾는 길

"신문에 교환수 이야기가 실렸더라."

학교에서 돌아온 경수가 말했다. 경수는 고보에 다니면서부터 신문을 꼬박꼬박 챙겨 보았다. 새로 살게 된 집이 학교와 멀어서 전차를 탈 때면 늘 손에 석간신문을 들었다.

호아가 경수한테서 신문을 건네받았다. 〈어느 교환수의 외침-나는 말하는 기계가 아니어요!〉라는 기사 제목이 눈에 띄었다. 기사를 쓴 기자의 이름을 보니 '최은희'라고 쓰여 있었다.

"최은희 기자라면 작년 라디오 시험 방송 때 사회를 맡은 그 부인기자잖아."

경수가 말했다.

"응, 맞아. 전화국에서 헤어질 때 언제든 더 얘기하고 싶은 게 있으면 자기를 찾아오라고 그랬어."

호아는 기사를 꼼꼼하게 읽었다. 기사에선 호아의 이름을 밝히지 않은 채, 호아가 얘기한 교환수의 어려움에 대해 소상히 적고 있었다.

"네가 그렇게 고생하는 줄은 미처 몰랐다."

경수가 조금 가라앉은 목소리로 말했다. 호아가 고개를 저었다.

"고생이야 아줌마가 제일 많이 하시지. 나까지 거두시느라."

호아는 마음이 무거웠다. 이제 일자리에서 쫓겨났으니 살림에 보태는 것도 못하게 되었다. 호아의 시무룩한 얼굴을 바라보던 경수가 무슨 말을 꺼내려다가 도로 삼켰다. 그러고는 할 일이 있다며 일어나서 곧 자기 방으로 갔다.

경수가 따로 쓰는 조그만 방에는 호아가 잘 알지 못하는 낯선 책들이 하나둘씩 늘어났다. 경수는 그것들을 열심히 읽고, 고보에 다니는 다른 학생들과 모여서 토론했다. 무슨 독서 모임이라고 했는데 경수의 방에서도 이따금 모였다. 방문에 비친 학생들의 그림자에서 모임의 열띤 분위기가 느껴졌다. 아줌마는 그런 모임이 별로 탐탁지 않은 눈치였다. 경수의 방에서 밤새 두런두런할 때면 아줌마는 문밖에서 나직이 한숨을 쉬었다. 그러면 호아도 왠지 조마조마한 기분이 들어 좀처럼 잠이 오지 않았다.

이튿날 호아는 신문사를 찾았다.

"최 기자! 여기 누가 찾아왔소."

잠깐 기다리는 동안 호아는 신문사 안을 가득 채운 치열한

공기를 맛보았다. 쉴 새 없이 따르릉대는 전화벨 소리, 통화하는 말소리, 급하게 사르륵 종이 넘기는 소리 등이 어지럽게 뒤섞였다. 그런 분주한 소리의 그물을 헤치고 최은희 기자가 다가왔다.

"호아 양, 잘 왔어요. 이쪽으로 와요."

호아는 기자를 따라 창가 쪽 구석진 자리로 갔다. 기자의 책상 위에는 원고 뭉치가 쌓여 있고, 펜과 잉크병, 전화기 한 대가 놓여 있었다.

"기사를 보았나요? 호아 양의 도움이 컸어요. 고마워요."

창문으로 들어온 가을 햇살이 기자의 흰 저고리 위에 살포시 내려앉았다.

호아는 전화국에서 겪은 일과 해고당한 사실을 기자에게 말해 주었다. 기자의 얼굴이 심각해졌다.

"어쩐지 호아 양이 내내 마음에 걸렸어요. 그런 일을 겪었다니 안타깝고 미안해요."

"미안해하지 마세요. 덕분에 제 목소리를 시원하게 낼 수 있었는걸요."

호아는 잉크병에 꽂힌 날렵한 펜대를 바라보았다. 그 뾰족

한 펜 끝에서 수많은 목소리들이 되살아나 세상에 알려졌을 것이다.

"그 사람은 어떻게 찾을 건가요? 호아 양이 만나야 한다는 그 사람."

호아도 이제 어떻게 해야 할지 알 수 없었다.

"실은 아버지를 찾고 있어요."

호아는 자신의 사연을 차근차근 털어놓았다. 기자는 진지한 얼굴로 호아의 이야기에 귀를 기울였다.

"아버지를 드러내 놓고 찾을 수도 없는 노릇이군요."

기자가 말했다. 호아는 천천히 고개를 끄덕였다.

"제가 오로지 붙들고 있는 건 아버지 목소리뿐이에요."

"목소리로 아버지를 찾는다."

기자가 혼잣말하듯이 말했다. 신문사 안의 분주함이 잠시 가라앉았다.

"아버지도 호아 양의 목소리를 알죠?"

"목소리뿐 아니라 얼굴도 아실 테죠. 이 빨간 댕기도 알아보실 테고요. 〈심청전〉도 선물해 주셨는데, 제가 그 책을 얼마나 읽었는지 몰라요. 언젠가 제 목소리로 아버지한테 꼭 들려 드리고 싶은데⋯⋯."

호아의 말을 들으며 골똘히 생각하던 기자가 갑자기 눈을 반짝 빛냈다.

"그래, 바로 그거예요!"

호아는 무슨 영문인지 몰라서 기자의 얼굴만 빤히 쳐다보았다.

"호아 양, 심청이가 아버지를 어떻게 찾았나요?"

"그야 맹인 잔치를 열어서 아버지가 찾아오게 만들었지요."

기자는 고개를 끄덕이며 의미심장한 미소를 지었다.

"호아 양도 아버지를 호아 양한테 찾아오게 만드는 거예요."

"어떻게요?"

"우리 신문사에서 라디오 시험 방송을 다시 계획하고 있어요. 이번엔 대규모로 순회 방송을 할 예정이에요. 거기에 호아 양의 목소리를 실어 내보내는 거예요."

"제 목소리가 라디오 방송에 나간다고요?"

호아는 입이 다물어지지 않았다.

"호아 양만 할 수 있다면 사장님께 얘기해 볼게요."

"그럼요! 할 수 있어요. 하고 말고요."

호아는 최은희 기자와 함께 사장실로 갔다. 그곳에는 신문
사 사장인 월남 이상재 선생이 있었다.

"라디오로 듣는 〈심청전〉이라! 좋소. 그렇게 해 보구려."

이상재 선생은 최은희 기자한테서 호아 이야기를 듣고 흔
쾌히 승낙했다. 일흔이 훌쩍 넘은 선생은 백발과 흰 수염이
성성했으나, 눈빛은 여느 청년보다도 생기 있고 초롱초롱했
다. 호아는 선생의 쪽빛 도포 자락을 보며 높푸른 가을 하늘
빛을 떠올렸다.

"이 방에서 처음 우리말로 라디오 시험 방송을 했다는 걸
알고 있는가?"

이상재 선생이 호아를 바라보며 물었다. 호아는 지난겨울
우미관에서 커다란 나팔을 통해 선생의 목소리를 들었던 걸
기억했다.

"이곳 사장실이 바로 임시 방송실이었네. 첩첩이 문을 닫고
여기 방 한가운데 둥글넓적한 마이크를 놨었지."

"방음을 하려고 벽과 창에 홑이불로 장막을 둘러쳤고요."

최은희 기자가 덧붙여서 말했다.

"그때 방송 사회를 보았지만 정작 여기서 내보낸 소리가 날아가서 어떻게 들리는지는 알 수 없었지요."

"전 알아요! 똑똑히 들었어요. 멀리서 날아온 두 분의 목소리를요."

호아는 그때 요술같이 기막힌 일도 다 있다며 무척 놀라워했었다. 그리고 지금, 또 한 번 놀라운 일이 자신에게 벌어지고 있다는 것을 깨달았다. 호아는 마이크가 놓여 있었다는 방 한가운데 서 보았다. 심장이 쿵쿵 세차게 뛰었다.

다시 울려 퍼지는 만세

황후가 된 심청이 버선발로 우르르 달려 나와

아버지를 끌어안고

아이고, 아버지 여태 눈을 못 뜨셨소?

인당수 파도 속에 뛰어든 심청이가 살아서 여기 왔소.

아버지 어서 눈을 떠서 나를 보옵소서!

겨울이 오고 해가 바뀌었다. 호아의 〈심청전〉이 전파를 타고 많은 사람에게 전해졌다. 호아는 마음을 다하여 〈심청전〉을 낭독했다. 그건 아버지에게 목소리로 전하는 편지와도 같았다.

"머지않아 경성에 방송국을 세우려고 준비 중이에요."

시험 방송 마지막 날 최은희 기자가 말했다.

"호아 양의 목소리가 더 널리 알려질 거예요. 그땐 호아 양 아버지도 분명 알게 되겠죠."

기자는 호아에게 힘을 북돋아 주었다.

라디오에 대한 사람들의 관심은 날로 더해 갔다. 경성역과 호텔 등의 최고급 식당에서 라디오를 설치하여 손님들에게 들려주었다. 또, 마을에 라디오를 들고 다니며 불법으로 사람들에게 돈을 받고 들려주는 경우도 생겼다. 그러나 아직 조선에 자체적인 방송국이 없었기 때문에 도쿄나 상하이 등지에서 날아오는 전파를 받아 들려줄 따름이었다.

"경수야, 나 참말 유명해지면 어쩌지?"

어느 이른 봄날 호아가 교회당 앞뜰에 쪼그려 앉아서 말했다. 뜰 한쪽 양지바른 구석에 작은 꽃밭을 만드는 중이었다. 경수가 꽃밭 둘레에 놓을 돌을 가져오다가 픽 웃었다.

"어쩌긴. 유명해져도 너는 너지. 땅꼬마 빨간 댕기!"

호아가 입술을 샐쭉거리며 경수를 올려다보았다. 모처럼 따사로운 햇살이 경수의 얼굴에 번졌다.

"어쨌거나 우리말 방송이 정식으로 시작된다면 좋은 일이지."

경수가 호아 옆에 웅크려 앉으며 말했다. 경수도 방송국의 설립을 내심 기대하는 게 분명했다.

호아는 흙을 고르게 다지면서 그 위로 피어날 어여쁜 꽃들을 그려 보았다. 봄이 무르익으면 올망졸망 제비꽃이 자주색 꽃망울을 터뜨릴 것이다. 노란 민들레가 꾸밈없이 하늘을 우러르고, 패랭이꽃이 연분홍 머리를 살랑살랑 흔들 것이다. 그 옆에서 하얀 은방울꽃이 수줍게 웃을지도 모른다.

"여기 할미꽃도 심을래?"

경수가 말했다. 아차, 할미꽃을 빼놓을 뻔했다.

"그래, 그래. 할미꽃도 심자."

호아는 문득 그리운 얼굴이 떠올랐다. 할미꽃과 함께 떠오르는 얼굴. 그 얼굴은 호아의 마음속에 시들지 않는 꽃으로 오롯이 피어났다.

봄빛이 무르익은 춘삼월 어느 날이었다.

"융희 황제[10]께서 승하하셨대요."

경수가 집으로 뛰어 들어오며 말했다.

융희 황제는 고종의 뒤를 이은 대한제국의 황제였다. 일제에 의해 창덕궁 이왕으로 불리며 이름뿐인 왕으로 살아야 했지만 조선인의 마음속에는 엄연히 우리 임금이었다. 그런 황제가 한 많은 삶을 마치고 세상을 떠난 것이다. 조선의 마지막 임금이 영영 떠나고 말았다.

----

10) 순종. 조선의 제27대 왕이다.

"아이고, 인제 조선 사람은 정녕 고아가 되었구나."

아줌마가 탄식하며 그 길로 집을 나섰다. 호아와 경수도 함께 따라나섰다.

황제의 승하 소식을 들은 사람들이 창덕궁 앞으로 속속 모여들었다. 남녀노소 할 것 없이 모두 돈화문 앞에 엎드려 땅을 치고 통곡했다. 마치 어버이를 잃은 것처럼 이마를 땅에 대고 소리 높여 울었다. 마지막 임금마저 여의자 나라 잃은 백성의 설움이 한꺼번에 북받치는 것이었다. 호아도 대궐 앞 울음바다에 섞여 비통한 심정으로 곡을 했다.

일제는 긴장했다. 지난 기미년의 일을 떠올린 것이다. 기미년에 고종 황제가 승하한 뒤 삼일 만세 운동이 일어났었다. 그때처럼 또 무슨 일이 벌어질까 봐 일제는 경성 안에 삼엄한 경계를 폈다.

그런 와중에 창덕궁 금호문에서 사건이 일어났다. 조문하고 나오는 일본인의 자동차에 한 조선인이 뛰어올라 칼을 빼든 것이다. 그는 차에 타고 있던 사람을 총독이라고 생각했다. 그러나 칼을 맞은 사람은 총독이 아닌 다른 일본인이었다.

"총독부에서 호외를 돌리지 못하게 막는군요."

신문사에 찾아온 호아에게 최은희 기자가 말했다.

"목격자가 한둘이 아니던데요? 벌써 소문 쫙 퍼졌어요."

아무리 보도를 막는다고 해도 입에서 입으로 퍼지는 것까지 막을 순 없는 법이다.

"때가 때인지라 총독부의 단속이 심해요."

최은희 기자는 심각한 표정으로 말했다.

"호아 양, 아무래도 총독부에서 우리 방송국도 세우지 못하게 할 모양이에요."

"방송국을 세우지 못한다고요?"

"경성에 방송국은 생길 거예요. 하지만 조선인의 방송국이 아니라 총독부의 방송국이 될 테죠. 조선인에게 방송국을 허가하면 식민 통치에 아무 도움이 안 될 거라고 생각하는 거예요."

호아는 가슴에 돌덩이가 내려앉은 기분이었다. 방송국은 호아에게 아버지를 찾는 길이자 자기 자신을 찾는 길이기도 했다. 그 길이 가로막힌다니 호아는 막막하기만 했다.

"그럼 이제 어떡해요?"

"우리도 쉽게 포기하진 않을 거예요. 어렵겠지만 계속 노력해 봐야죠."

호아는 교회당으로 향했다. 교회당 앞뜰에 봄꽃이 한창이었다. 아버지는 봄꽃이 피면 함께 보러 가자고 했었다. 그날을 얼마나 기다리고 꿈꿔 왔던가. 주인을 못 만난 지팡이도 여전히 누군가를 기다리며 종탑 아래 기대어 있었다. 호아는 꽃밭에 홀로 앉아 가만히 눈을 감았다. 애잔한 꽃향기가 바람결에 코끝을 스치고 사라졌다.

오월이 되었다. 호아는 틈나는 대로 신문사에 들렀지만 방송국 설립에 관한 새로운 이야기는 들리지 않았다. 총독부는 조선의 민간 방송국을 결코 허가하지 않으려 했다. 그러던 어느 날, 최은희 기자가 호아를 불러 뜻밖의 소식을 전했다.

"혹시 이 분이 호아 양을 길러 주신 선교사 부인인가요?"

최은희 기자의 손이 영자 신문에 실린 한 사진을 가리키고 있었다.

"네! 우리 할머니예요. 매부리 할머니 맞아요!"

호아는 사진 속 할머니 얼굴에서 눈을 떼지 못했다. 부드럽고 깊은 눈매, 오뚝하고 삐죽하게 도드라진 코, 보일 듯 말 듯

미소를 머금고 지그시 다문 입술. 가슴속에 간직해 둔 그 얼굴을 마주하자 호아는 목울대가 울컥 뜨거워졌다.

"미국에 다녀온 동료가 이 신문을 가져왔어요. 선교사 부인께서 조선에 관한 글을 미국 신문에 꾸준히 투고하신 모양이에요. 일본에 대한 비판의 목소리도 함께 실어서요."

"우리 할머니 잘 계신 거죠? 건강히 잘 계신 거 맞죠?"

호아의 목소리가 떨렸다. 기자가 호아의 어깨를 다독였다.

"걱정 말아요. 잘 지내실 거예요. 기사에 따르면 그동안 연재된 부인의 글이 책으로 묶여서 나온다는군요. 책 제목이, 우리말로 바꾸면 〈내가 사랑하는 조선〉이네요."

최은희 기자는 조선에 대한 매부리 할머니의 끈질긴 사랑을 기사로 썼다. 그러나 공들여 쓴 그 기사는 총독부의 검열에 걸려 세상에 나오지 못했다.

6월 10일, 융희 황제의 인산일 새벽이었다. 호아는 바깥의 인기척을 듣고 잠에서 깼다. 방문을 열어 보니 경수가 나갈 채비를 하고 있었다.

"이렇게 꼭두새벽부터 나가려고?"

"어, 독서 모임 친구들이랑 만나기로 했어."

경수는 요즘 독서 모임이 부쩍 잦아진 듯했다.

"국장에는 참례할 거지?"

"물론이지. 친구들하고 만난 다음에 곧장 갈 거야."

경수의 손에는 꽤 묵직해 보이는 가방이 들려 있었다.

"오늘은 빨간 댕기 못 드리겠다, 너."

섬돌에 내려선 경수가 문득 생각난 듯이 말했다.

"응, 검은 댕기 드려야지."

신발을 신는 경수를 바라보며 호아가 대답했다. 경수는 고개를 끄덕이고는 대문 쪽으로 발걸음을 뗐다.

"경수야."

호아가 경수를 불러 세웠다.

"이따 보자 우리."

"그래, 이따 봐."

경수는 짧게 대답하고 새벽 어스름 속으로 성큼성큼 나아갔다. 호아는 멀어지는 경수한테서 한동안 눈길을 떼지 못했다.

이른 아침부터 서울은 흰 상복을 차려입은 사람들로 넘쳐났다. 황제의 마지막 가는 길을 보기 위해 각지에서 모여든 사람들이었다. 호아도 흰 치마저고리를 입고 거리로 나갔다.

호아는 종로에서 돈화문 앞으로 이어지는 길목에 자리를 잡고 섰다. 곧 있으면 황제의 상여가 창덕궁을 빠져나와 그 길로 지나갈 것이다. 호아는 길가에 늘어선 흰색 물결 사이사이에 시커먼 제복 차림의 순사들이 버티고 서 있는 걸 보았다. 호아의 앞쪽에는 기마경찰이 말 위에 올라탄 채 긴 칼을 번득이고 있었다. 그 모습을 보자 호아는 괜스레 등골이 서늘해졌다.

드디어 돈화문에서 국장 행렬이 나오기 시작했다. 수많은 깃발과 여러 수레로 이어지는 긴 행렬 가운데 황제의 시신을 운반하는 대여가 있었다. 대여 앞에 올라선 요령잡이가 쩔렁쩔렁 방울을 흔들고, 그 소리에 맞춰 수십 명의 상여꾼이 대여를 떠멘 채 천천히 걸음을 옮겼다.

"어허야 너허아 어화 넘차 어허야."

상여꾼들이 부르는 상엿소리가 파도처럼 거리를 뒤덮으며 넘실넘실 밀려왔다. 호아는 황제의 상여를 보기 위해 고개를 옆으로 쑥 빼고 기다렸다. 앞에 있는 기마경찰에 가려 행렬이 잘 보이지 않았기 때문이다.

땡그랑땡그랑 방울 소리가 점점 커지고, 곧이어 기마경찰의 머리 위로 대여의 지붕이 모습을 드러냈다. 자라 등 같은 지붕의 네 귀퉁이엔 용머리 장식이 달려 있었다. 비단으로 감싼 대여는 장엄하고도 슬퍼 보였다. 호아는 눈앞을 지나 천천히 멀어져 가는 황제의 마지막 모습을 말없이 지켜보았다. 구슬픈 상엿소리가 가슴속에서 메아리쳤다.

"조선 독립 만세! 만세!"

갑자기 길 건너편에서 만세 소리가 터져 나왔다. 한 무리의 학생들이 수천 장의 종이를 공중으로 흩뿌리며 크게 만세를 부르는 것이었다. 그 일대가 술렁술렁하더니 이윽고 다른 사람들도 학생들을 따라서 "와!" 하고 소리쳤다. 경찰이 권총을 빼어 들고 만세 소리가 나는 곳으로 달려갔다. 인파 속에 뛰어든 경찰은 만세를 외치는 학생들을 잡으려고 군중을 헤집으며 우왕좌왕 진땀을 뺐다.

그 소란 속에서 호아는 뭔가를 보고 깜짝 놀랐다. 경찰에 쫓기면서도 사람들을 향해 연신 종이를 뿌리며 달아나는 학생을 본 것이다. 그 학생은 다름 아닌 경수였다.

호아는 다리가 굳어 버린 듯 꼼짝도 할 수 없었다. 학생들이 뿌린 종이가 바람에 날려 와 호아의 발치에 떨어졌다. 호아는 종이를 집어 올렸다. 종이에는 격문이 인쇄되어 있었다.

조선 민중아!
우리의 철천지원수는 자본 제국주의의 일본이다.
이천만 동포야! 죽음을 각오하고 싸우자!
만세, 만세, 조선 독립 만세!

호아는 떨리는 손으로 격문을 접어서 얼른 품속에 넣었다.
여기저기서 만세 소리가 자꾸만 터져 나왔다. 순사들은 칼자
루를 데그럭거리며 어김없이 그쪽으로 달려들었다.

호아는 경수가 사라진 방향을 애타게 바라보았다. 경찰이
군중 사이에서 학생들을 붙잡아 속속 끌고 가는 게 보였다.
호아는 사람들 틈을 비집고 나가며 경찰에 붙들려 가는 학생
들을 쫓아갔다. 줄줄이 끌려가는 학생 중에는 경찰에게 몹시
두들겨 맞았는지 머리에 피가 흥건한 학생도 있었다. 호아는
사람들에게 이리 밀리고 저리 밀리면서도 경수를 찾으려고

애썼다. 그러나 경수의 모습은 잘 보이지 않았다.

쾅! 별안간 엄청난 폭발음이 울렸다. 호아는 순간적으로 머리를 감싸고 몸을 웅크렸다. 발밑에서 땅이 와르릉 흔들리는 것만 같았다. 사람들이 비명을 내지르고, 놀란 말이 거친 소리로 히힝 울었다. 학생들을 끌고 가던 기마경찰이 길길이 날뛰는 말 위에서 떨어졌다. 고개를 든 호아는 아우성치는 먼지 속을 눈으로 더듬었다. 저 앞에서 잿빛 연기가 무럭무럭 피어오르고 있었다. 연기가 나는 곳은 바로 종로경찰서였다.

"서장실이다! 서장실에서 폭탄이 터졌다!"

파편에 맞은 순사가 피를 흘리며 뛰쳐나와 소리쳤다. 종로경찰서는 그야말로 아수라장이었다. 유리창이 깨져서 길바닥에 조각조각 부서졌고, 이 층에서 솟구친 연기가 시계탑을 휘감았다.

"수리공이야. 그자가 한 짓이 틀림없어!"

혼비백산한 사람들 틈에서 누군가 이렇게 말했다. 확신에 찬 목소리의 그는 경찰서장의 운전수였다.

"내가 서 앞에서 대기하고 있을 때, 웬 사내가 자전거를 타고 와서는 전기 수리공이라며 안으로 들어가더라고. 다리를 좀 저는 게 눈에 띄어서 쳐다보고 있었지."

호아는 그 말을 듣고 가슴이 덜컥했다.

운전수의 말에 따르면 수리공이란 자가 들어가고 나서 얼마 안 되어 꽝 하고 요란한 폭음이 났다. 다들 놀라서 자빠지고 얼이 나가 허둥지둥하는 와중에 서에서 빠져나온 그자는 다시 자전거를 타고 유유히 달아나더라는 것이었다.

"그새 수리공 차림은 벗어던지고 흰옷을 입고 있더라고. 정말이지 난 그 절름발이가 일본인 기술자인 줄만 알았어."

호아의 심장이 곧 터질 것처럼 마구 방망이질했다. 어수선한 가운데 다치지 않은 순사 몇몇이 상관의 지시를 받고 여기저기로 흩어져 뛰어갔다. 호아도 무작정 달리기 시작했다.

종로에서 탑골 공원을 거쳐 호아는 북쪽으로 향했다. 쉼없이 달려 어느새 옛집이 있던 곳에 이르렀다. 할머니와 살던 집은 이미 사라진 지 오래고, 그 자리에 들어앉은 파출소는 낯설기만 했다. 파출소 안에는 아무도 없는 듯했다. 출입문이 쇠사슬로 칭칭 감긴 채 큰 자물쇠가 채워져 있었다.

호아는 서둘러 교회당으로 뛰어갔다. 숨이 턱에 닿았지만 발을 멈출 수 없었다. 멀리 교회당 나무 위로 십자가가 보였다. 종탑 꼭대기의 십자가가 부연 햇살을 머금고 있었다.

교회당 앞에 거의 다다랐을 때였다. 호아는 멈칫했다. 맞은편에서 순사가 이쪽으로 빠르게 다가오고 있었기 때문이다.

"거기 잠깐!"

순사가 호아를 손으로 가리키며 불러 세웠다. 호아는 성큼성큼 다가오는 순사를 하얗게 질린 얼굴로 바라보았다.

"자전거 탄 남자가 여기로 지나는 거 봤나?"

"아니요, 못 봤는데요."

호아의 목소리가 가늘게 떨렸다.

"그래? 못 봤단 말이지?"

호아를 찬찬히 훑어보던 순사는 문득 교회당 쪽으로 고개를 돌렸다. 호아도 마른침을 삼키며 순사의 시선을 따라 고개를 돌렸다.

교회당은 여느 때와 다름없이 평온해 보였다. 하지만 순사가 교회당 앞뜰에 들어서자 평온하던 공기는 무섭게 요동치기 시작했다. 호아는 교회당 담장에 달라붙어 낮은 담 너머로 얼른 안쪽을 훑어보았다. 예배실로 들어가는 문은 꼭 닫혀 있었고, 그 아래 섬돌에는 아무 신도 놓여 있지 않았다.

아무도 없는 듯했다. 아니, 지금은 아무도 없어야 했다. 그러나 꽃밭 옆의 그늘진 구석에 못 보던 자전거가 서 있었다. 호아는 입이 바싹 마르면서 숨이 멎는 것 같았다.

순사 역시 자전거를 발견하고 예배실 쪽에 심상치 않은 눈길을 던졌다. 곧이어 순사는 발소리를 죽여 예배실 문 앞으로 조심스레 다가갔다. 한 손은 칼자루를 꽉 그러쥐고, 다른 한 손은 앞으로 뻗어 문고리를 막 잡으려는 순간이었다.

뎅 뎅 뎅! 갑작스러운 소리에 순사가 뒤를 획 돌아보았다. 종탑 밑에 선 호아가 줄을 아래로 힘껏 잡아당기고 있었다.

'위험해요! 어서 달아나야 해요!'

뎅그렁 뎅 뎅! 순사의 얼굴이 험악하게 일그러졌다. 순사는 문을 거의 부수다시피 하여 예배실 안으로 뛰어 들어갔다. 호아는 손에서 줄을 놓지 않았다. 온 힘을 다해 쉬지 않고 계속 종을 쳤다. 종소리가 멀리멀리 울려 퍼졌다.

잠시 뒤, 순사가 예배실에서 도로 나오며 핏대를 세웠다.

"맹랑한 계집이!"

순사는 호아의 뒷덜미를 잡아서 땅바닥에 내동댕이쳤다. 철퍼덕 쓰러진 호아의 몸 위로 흙먼지가 풀썩 일어났다. 호아가 넘어지면서 품속에 있던 종이가 바닥으로 툭 떨어졌다. 순사가 종이를 집어서 펼쳐 보더니 핏발 선 눈으로 호아를 노려보았다.

"독립 만세라, 하!"

순사가 칼집에서 긴 칼을 빼내어 호아에게 겨누었다.

"네가 무슨 짓을 했는지 알아?"

시퍼런 칼끝이 호아의 코앞에서 번쩍거렸다. 호아는 저도 모르게 어금니를 악물었다. 순사는 이내 칼을 높이 쳐들었다. 호아는 비명을 삼키며 두 눈을 질끈 감아 버렸다.

쟁그랑.

칼이 바닥에 떨어졌다. 이어서 털썩 쓰러지는 소리가 났다. 호아가 감았던 눈을 살며시 떴다. 바로 눈앞에 폭 고꾸라진 순사의 모습이 보였다. 그리고 그 뒤로 한 남자가 숨을 몰아쉬며 서 있는 게 보였다. 남자는 두 손으로 긴 막대기를 움켜쥐고 있었다.

"괜찮니? 다친 데 없어?"

호아는 아무런 대답도 할 수가 없었다. 남자의 목소리는 호아가 그토록 찾고 기다리던 바로 그 목소리였다. 호아의 눈에 눈물이 그렁그렁 차올랐다.

"아, 아버지……."

호아가 입술을 떨며 말했다.

남자는 멈칫하더니 이내 호아 앞으로 천천히 다가왔다. 한 걸음 한 걸음. 호아는 점점 가까워지는 남자의 얼굴을 바라보았다. 눈물이 앞을 가려 자꾸만 얼굴이 흐릿하게 보였다.

"호아니? 정말 내 딸 호아가 맞아?"

호아는 고개를 끄덕였다. 호아의 이마에 아버지의 떨리는 손길이 와 닿았다.

"미안하다, 호아야. 못난 아비여서 정말 미안하다."

호아는 두 팔을 뻗어 아버지의 목을 꼭 끌어안았다. 아버지도 호아를 힘껏 껴안았다. 교회당 담장 밑에 핀 메꽃이 부둥켜안은 두 사람을 말없이 건너다보았다.

담장 밖에는 흰옷을 입은 사람들이 속속 모이고 있었다. 교회당에서 울려 퍼진 종소리를 듣고 모여든 것이다. 사람들 틈에서 누군가가 큰 소리로 만세를 부르기 시작했다. 그러자 너 나 할 것 없이 모두 따라서 힘차게 만세를 외쳤다.

"만세! 만세! 조선 독립 만세!"

지금은 라디오 시대

땡땡! 전차가 경쾌한 종소리를 내며 오후의 햇살 속을 미끄러져 나아갔다. 수업을 마친 경수는 전차를 타고 집으로 가는 길이었다. 교복도 학생모도 만원 전차도 참으로 오랜만이었다. 경수는 마음이 들뜨고 어수선했다. 그건 차창으로 불어 들어오는 봄바람 때문만은 아닐 것이다.

붐비던 전차 안이 조금 한산해지자 경수는 옆구리에 끼고 있던 신문을 펼쳐 들었다. 먼저 제목들을 죽 훑어보는데 어떤 기사 하나가 눈에 들어왔다.

지금은 전파 경계의 시대

라디오를 통한 배일[11] 방송이 국경도 없이 수시로 들어오고 있다. 조선 안에 거주하는 사람으로서 라디오를 장치한 사람은 주의만 기울이면 이를 들을 수 있을 정도다. 총독부 당국에서는 대책을 찾느라 골머리를 앓고 있는데, 외국에서 방송되는 것이 공중의 전파를 타고 날아 들어오므로 이를 막을 수 있는 뾰족한 수가 없다고 한다. 경성에서도 최근에 허가 없이 이러한 불법 방송을 하는 자가 있다. 당국에서 이를 비밀리에 수색하는 중이지만 아직 잡아내지 못하고 있다.

공중 전파를 따라 날아오는 소리를 막을 도리가 없어 골치를 썩고 있다는 총독부. 경수는 기사를 읽으면서 생각했다. 그런 종류의 두통에는 아마 약도 없을 터, 총독부는 꼼짝없이 지끈지끈 앓는 수밖에.

"이보, 학생."

기다란 좌석 끝에 앉은 노인이 바로 앞에 마주 서 있는 경수를 불렀다.

"거 신문에 월남 선생 장일이 언제라고 나오는가?"

경수는 신문에서 며칠 전 세상을 떠난 월남 이상재 선생의 장례에 관한 기사를 찾았다.

"사월 칠일입니다, 어르신. 구일장[12]이네요."

기사에 따르면 칠십여 개의 사회단체가 연합하여 선생의 장례를 준비하고 치른다고 한다. 최초의 '사회장'인 것이다. 사회장을 치르는 날, 선생의 마지막 떠나는 길을 보기 위해 각지에서 수많은 사람들이 모여들 것이다. 경수도 선생의 뜻을 받들고 따르는 마음으로 장례 행렬에 함께할 생각이다. 그날

----

11) 일본 사람이나 일본의 문물, 사상, 언어, 정치 따위를 배척함.
12) 사람이 죽은 지 아흐레 만에 지내는 장사.

서울은 또 한 번 거대한 흰색 물결로 뒤덮일 것이다. 지난해 유월 국장 때처럼 말이다.

지난 국장일에 일어났던 6·10 만세 운동으로 경수는 일본 경찰에 붙잡혔었다. 당시 독립 만세를 부르다 수많은 학생이 검거되어 조사를 받았고, 일부 학생들은 한동안 철창신세를 지기도 했다. 사태가 가라앉으면서 학생 대부분이 속속 풀려 났는데, 경수도 조사를 받은 뒤에 곧 풀려났다. 그러나 일제 당국은 만세 사건에 관련된 학생들을 퇴학 또는 정학으로 엄 중히 벌하라고 각 학교에 명령을 내렸다. 경수는 결국 정학을 당했고, 올해 사월이 되어서야 새 학기의 시작과 함께 다시 등교할 수 있게 되었다.

"학생, 신문 다 본 거면 내 잠깐 빌려 봐도 되겠나?"

"예 그럼요, 어르신. 저는 다 봤습니다."

경수는 앞에 앉은 노인에게 잘 접은 신문을 건넸다. '학생' 이라는 호칭이 반가우면서도 새삼 묵직하게 다가왔다.

차창 밖으로 분주한 도심 풍경이 스쳐 지나갔다. 메말라 보 이는 거리에도 봄은 곳곳에 숨어 있었다. 가로수의 여린 가지 에 파릇파릇 움트는 새 잎사귀, 맥고모자를 쓴 신사의 새하얀 두루마기에 사뿐히 내려앉은 햇살, 양장으로 멋을 낸 여성이 든 화사하고 고운 빛깔의 양산, 그러한 풍경 위로 수줍게 흐르는 한 줄기 바람, 그리고…… 봄바람을 따라 한 소녀가 빨간 댕기를 나풀거리며 달리고 있었다. 창문 너머 보이는 낯익은 그 모습에 경수의 심장이 쿵 떨어졌다.

"어, 잠깐만요! 잠깐 세워 주세요!"

경수가 차창을 두드리며 다급하게 외쳤다. 전차가 얼마 못 가서 멈추어 섰다. 경수는 멀어져 가는 소녀를 눈으로 붙잡으며 서둘러 전차에서 내렸다.

빨간 댕기를 따라서 경수는 홀린 듯이 소녀의 뒤를 쫓아갔다. 소녀는 뒤도 한번 돌아보지 않고 줄달음쳤다. 마치 술래잡기 놀이라도 하는 것 같았다. 잡힐 듯 잡히지 않는 소녀를 쫓다 보니 어느덧 청계천에 이르렀다.

경수는 가쁜 숨을 고르며 소녀의 모습을 찾았다. 빨간 댕기를 한 소녀가 빨래터로 내려가는 게 보였다. "엄마!" 하고 부르며 총총 뛰어가는 소녀. 열 살 남짓 되었을까. 소녀를 우두커니 바라보던 경수가 허탈한 웃음을 피식 터뜨렸다.

'빨간 댕기, 나한테 진짜 이러기야?'

누구를 탓하겠는가. 빨간 댕기를 볼 때마다 이놈의 심장이 번번이 말썽인 것을. 멋쩍은 기분에 경수는 괜히 코 밑을 쓱쓱 문질렀다. 까슬까슬 돋은 수염이 손등을 찔러 댔다. 어느새 열여섯 살이 된 경수다.

경수가 호아를 못 본 지도 거의 일 년이 다 되어 갔다. 만세 운동으로 경수가 잡혀 들어간 사이 호아는 감쪽같이 사라져 버렸다. 아무런 인사도 얘기도 없이 갑작스럽게 떠난 것이다. 처음에 경수는 호아가 아주 짓궂은 장난을 하는 거라고 생각했다. 하지만 하루 이틀이 지나고 한 달 두 달이 흐르자, 괘씸한 마음은 점점 걱정 섞인 간절한 바람으로 바뀌어 갔다.

그렇게 몇 달이 흘러 북쪽에서 차가운 바람이 불어올 즈음, 멀리 중국 땅에서 경수 앞으로 엽서 한 장이 날아왔다. 엽서에는 보낸 사람의 이름도 주소도 쓰여 있지 않았다. 다만 경수가 잘 아는 어떤 노랫말이 처음부터 끝까지 정성스레 적혀 있었다. 그리고 노랫말 끝에 이렇게 덧붙여 놓았다.

은하수를 건—너서 구름 나라로

구름 나라 지─나선 어디로 가나.

멀리서 반짝반짝 비치─는 건

샛별이 등대란다 길─을 찾아라.

또 다른 반달이 있는 곳으로 꼭 돌아가겠습니다.

교복 주머니에 두 손을 찌른 채, 경수는 빨래터 위로 난 둑길을 터덜터덜 걸어갔다. 졸졸 물소리가 귓가를 간질였다. 책방 앞을 지나던 경수는 문득 발길을 멈추었다. 한 무리의 아이들이 책방 앞 평상을 빙 둘러싸고 있었다. 평상 한가운데에 구부정하게 앉아 있는 책방 할아버지가 보였다. 할아버지는 귀마개 같은 것을 쓰고서 앞에 놓인 네모난 상자를 조심스레 만지고 있었다.

"할아버지, 그거 진짜 요술소리통이에요?"

코흘리개 하나가 평상 위에 얼굴을 디밀면서 물었다.

"바보야, 라디오라고 하는 거야. 것도 모르냐?"

옆에서 다른 아이가 목소리를 높이며 끼어들었다. 책방 할아버지가 "쉬잇!" 하면서 아이들을 돌아보았다.

"인석들아, 조용히 해야 소리를 잡을 수 있어."

할아버지는 다시 앞에 있는 라디오 수신기를 요리조리 만지작거렸다. 아이들은 눈을 말똥거리며 수신기와 연결된 귀마개에서 얼른 소리가 나오기를 기대했다.

올해 초, 정동 언덕에 서 있는 경성방송국에서 첫 방송 전파를 쏘아 올렸다. 이제 조선에도 라디오 정규 방송이 시작된 것이다. 그러나 조선 사람들에게 라디오는 여전히 가까이하기엔 너무 먼 존재다. 라디오 가격과 청취료가 무척 비싼 데다가 방송도 일본어 위주로 나오기 때문이다.

책방 앞에 모인 아이들은 실렁 못 알아듣는 일본말일지라도 상관없었다. 그저 요술소리통에서 흘러나오는 것이라면 뭐든 한번 들어 보고 싶어서 안달이었다. 경수도 슬그머니 아이들 틈에 끼어서 할아버지가 큰맘 먹고 장만했을 라디오를 유심히 살펴보았다.

드디어 할아버지가 소리를 잡은 모양이었다.

"자, 한 사람씩 오너라. 아이코, 녀석들아! 싸우지들 말고 여기 줄부터 서라."

소리가 나는 귀마개의 인기는 그야말로 폭발적이었다. 아이들은 차례로 귀마개를 넘겨받으며 한 명씩 연이어서 라디오를 들었다.

줄 선 아이들의 차례가 한 바퀴 돌았을 때쯤 책방에 손님이 찾아왔다. 할아버지가 책방 안으로 들어가 손님에게 책을 찾아 주는 사이, 호기심 많은 아이 하나가 라디오 수신기를 잘못 건드리고 말았다.

"어! 소리가 다 날아갔어. 으아, 몰라! 할아버지한테 혼날 텐데……."

아이는 울상이 되어 어찌할 줄을 몰랐다.

"형아, 이것 좀 봐 줘요. 이거 어떡해요?"

경수는 아이가 내미는 귀마개를 얼떨결에 받아 들었다.

치익─ 피익─. 귀마개에선 잡음만 새어 나왔다. 경수는 귀마개를 쓴 채 아까 할아버지가 하던 대로 수신기 여기저기를 살살 만져 보았다.

갑자기 아주 작은 말소리가 잡혔다.

'이건…… 조선말이잖아!'

경수는 수신기를 더욱 미세하게 매만졌다. 잡음에 묻혀 희미하던 소리가 점점 또렷해졌다.

"들에는 꽃이 피고 하늘엔 새가 우짖어도 우리의 계절은 아직 시리고 추운 나날입니다.”

경수의 가슴이 쿵쿵 세차게 뛰었다. 경수는 귓가에 울리는 그 목소리가 누군지 단박에 알아차렸다. 그 목소리, 그 말투. 이번엔 심장이 제대로 찾아낸 게 분명했다.

경수는 눈을 감고 마음을 가다듬었다. 그리고 전파를 타고 들려오는 이야기에 귀를 기울였다.

“…… 우리의 봄은 멀리 있지 않다고 나는 믿고 있습니다. 빼앗긴 봄을 되찾는 그날까지 이 방송을 멈추지 않을 것입니다. 사랑하는 조선의 동포 여러분, 지금 내 목소리가 당신에게 닿고, 당신과 내가 같은 꿈을 꾸고 있다면 우리는 함께 있는 것이나 다름없을 테지요. 서로 멀리 떨어져 있더라도 우리는 그렇게 함께할 수 있습니다. 지금은 라디오 시대니까요.”

작가의 말

　우리 할머니는 삼일 운동이 일어나던 해에 태어나셨다. 호
방한 성정에 웃음소리가 시원시원하셨고 이야기도 참 잘하셨
다. 어릴 적 나는 할머니의 이야기를 듣는 게 좋았다. 할머니
가 무심결에 지나가는 말로 하시는 옛이야기에도 귀를 쫑긋
세우곤 했다. 그 가운데 일제 강점기에 있었던 일로 지금도
기억나는 얘기가 몇 가지 있다.

　가까운 친지분이 젊은 혈기에 어쩌다 일본 순사를 몹시 때
렸는데 그길로 도망하여 한동안 마을로 돌아오지 못했다는
이야기, 일제가 패망할 무렵에 외국 군인들이 젊은 처자를 보
면 죄다 끌고 간다는 흉흉한 소문이 돌아 얼굴에 검댕을 잔
뜩 묻히고 꼭꼭 숨어 있었다는 이야기, 그리고 그보다 전에
할머니가 배웠다는 어떤 일본말 이야기. 할머니는 그 일본말
을 딱 한 번 들려주셨다. 일본어도 잘 모르시면서 그 말은 반
세기가 흘렀음에도 줄줄 외셨다. 그때 나는 어려서 뭔지도 모

르고 우리 할머니가 옛날에 배운 일본말을 여태 기억하신다고 마냥 신기해했었다.

돌이켜 보니 그게 황국신민서사였던 듯싶다. 일본인들이 조선인에게 황국신민이 되길 강요하면서 외우게 했던 것 말이다. 할머니는 배우고 싶어도 배울 수 없었던 한글을 나중에서야 혼자 어렵게 깨치셨다. 그런 할머니의 뇌리에 그들이 남겨 놓은 흔적은 참 지독하고 쓰라린 것이었다.

1920년대는 삼일 운동을 계기로 일제가 통치 방식을 바꾸어 이른바 '문화정치'를 내세운 시기였다. 그동안 전래된 근대 문물이 자리를 잡아 가고 계속해서 더 새로운 문물이 전해져 들어왔다. 기차와 전차, 전화와 라디오 등은 시간과 공간의 거리를 좁혀 주거나 없애 주었다. 사람들은 점차 편리함을 알게 되었지만, 한편으론 돈으로 값이 정확히 매겨지는 '근대의 시간'에 익숙해져야 했다.

변화는 빠르고 멈추지 않았다. 그러나 신문물의 이로움이 누구에게나 공평한 것은 아니었다. 더욱이 식민지 조선은 처음부터 그 이로움의 주인이 아니었다. 그래도 늘 그렇듯 더 나은 길, 옳은 길을 꿈꾼 사람들이 있었다. 새로운 문화의 종이 아닌 주인이 되어 새 시대를 열고자 했던 사람들이 분명 존재했다.

그때 그 사람들을 돌아보는 것이 지금 우리에게 어떤 의미가 있는지 구구절절 이야기하지는 않겠다. 그보다는 우리가 지금 어떤 시대를 살고 있고, '그럼에도 불구하고' 새로운 꿈을 꾸며 희망을 바라보고 있는지 생각해 볼 일이다.

역사는 어렵고 거창한 것이 아니라 '그때 누군가가 보고 겪은 이야기'에서 시작한다. 지금은 돌아가시고 안 계시지만 할머니는 그 흥미진진한 이야기들을 풀어 놓으면서 역사가 결코 멀리 딴 데 있지 않다는 걸 매번 일러 주셨던 셈이다. 할머니의 옛날이야기를 더는 못 듣는다는 게 두고두고 아쉬울 따름이다.

내가 할머니가 되었을 때 난 어떤 이야기를 들려주게 될까? 먼 훗날 한 100년쯤 뒤에 사람들은 지금의 우리를 어떻게 돌아보고 있을지 문득 궁금해진다.

2015년을 눈앞에 두고,

이보림